檐前日暖，不必远方

康素爱萝——著摄

中国出版集团
现代出版社

图书在版编目（CIP）数据

檐前日暖，不必远方 / 康素爱萝著、摄 . —北京：现代出版社，2020.4
ISBN 978-7-5143-8342-3

Ⅰ . ①檐… Ⅱ . ①康… Ⅲ . ①散文集—中国—当代 Ⅳ . ① I267

中国版本图书馆 CIP 数据核字（2020）第 034168 号

檐前日暖，不必远方

摄　　著 康素爱萝
责任编辑 徐芬
出版发行 现代出版社
通信地址 北京市安定门外安华里 504 号
邮政编码 100011
电　　话 010-64267325 64245264（传真）
网　　址 www.1980xd.com
电子邮箱 xiandai@vip.sina.com
印　　刷 吉林省吉广国际广告股份有限公司
开　　本 880 × 1230　1/32
字　　数 226 千字
印　　张 9.25
版　　次 2020 年 6 月第 1 版　2020 年 6 月第 1 次印刷
书　　号 ISBN 978-7-5143-8342-3
定　　价 49.80 元

序

家门口的岁候与时鲜

八年前，一个偶然的契机，和网络上的伙伴们一起坚持记录所在城市的物候变化，拍摄、梳理了一整年的草木日记与琐细日常，结集成《家门口的四季》一书付梓。正是缘于那时的观察与记录，让我发现，寻常见的七十二候是中国最早的结合天文、气象、物候知识的历法，源于黄河流域，以五日为候，三候为气，六气为时，四时为岁，一年二十四节气，共七十二候。而地处东北地区的家乡沈阳在相同的时令节气却完全是另一种样貌，像此时的春分节气，关内已经春意盎然，春花漫漫，我们这里草木尚一片萧瑟，两天前还下了一场中雪。记得小时候在乡下，农民们种地自然关注节气，大人们嘴里念叨的《二十四节气歌》也不同于关内："立春阳气转，雨水沿河边，惊蛰乌鸦叫，春分地皮干，清明忙种麦，谷雨种大田；立夏鹅毛稳，小满雀来全，芒种开了铲，夏至不拿棉，小暑不算热，大暑三伏天；立秋忙打甸，处暑动刀镰，白露烟上架，秋分不生田，寒露不算冷，霜降变了天；立冬忙封地，小雪地封严，大雪江茬上，冬至不行船，小寒近腊月，大寒整一年。"

于是从2015年2月开始，我尝试着在一整年的时间里用镜头记录家乡每个节气里的七十二候，惊蛰的鸟声集、草芽青，清明的喜鹊修巢、山桃始华，小暑的夏云嵯峨、雨霁虹霓，立秋的稻花香、草虫鸣，霜降的枫叶红、贮菜忙，冬至的寒窗生花、雾凇美景；还有岁时节庆，大人小孩都惦记的玩乐和吃食：立春的春饼，二月二的猪头肉，入伏的饺子，除夕的年夜饭与烟火，过年的糖果、炸物，正月十五的元宵与花灯，端午节的撞蛋游戏与红枣粽子，三九天堆雪人、打雪仗时的烤地瓜和糖葫芦……才发觉时光变迁，华年易逝，浮生多景，世界再大，也该从家乡走起，从身边的街巷河湾、山田林间走起，我打趣地把这样在家门口溜达的方式叫作“城市微旅行”。一年之后有了发表于豆瓣的摄影集《家门口的七十二候》和《岁食盛京》。

一方水土，一方人世风味，季节的变化联系着生活中的各种元素和细节，比如菜场里、餐桌上应季的食鲜就是大自然带给你的季节口信。《岁食盛京》中拍的就是这些应时而来的食材，初春的山野菜、上秋的蘑菇山珍，水库、火山湖的河鲜、淡水鱼，辽东湾春秋两季的渔获，如丹东的黄蚬子、大连的小黄花，还有为了适应漫长猫冬生活、最大限度保存和留住食材而腌制的各种咸菜、东北酸菜，晒干菜如干豆角、茄干、萝卜干、葫芦条，冻食如冻梨、冻豆包、冻豆腐，让很多看过相册的人都忍不住感叹，想起家乡、想起童年，似乎一切都慢了下来，隔着屏幕都能感受到时间和四季的流转。它们中有些出自妈妈的小菜园，更多的是从家门口的早市买回来，在灶台边的木头案板上拍完后立即清洗、料理、烹煮，端上餐桌。

在日本电影《小森林》中，独自在东京闯荡的女孩选择回归悠闲宁静的山野故乡，寻找当季各种食材，细致地准备一餐一饭，安静地遵循自然的生存规律，让看过的人都不禁唏嘘感叹自己遥不可及的田园梦。事实上，只要你愿意花点时间，忙碌熙攘的城市中，草木、飞鸟、花朵、昆虫，小小的自然一样会毫不吝啬地呈现给世人美妙的胜景，在早市，那一把把青蒜苗、豌豆尖、香椿芽那儿，你都能发觉慢慢苏醒的春天。那些随季节而生的时鲜，总带着还在生长的精气神儿，成为拉近人与自然距离的最好方式，令你对家乡、对生活多了具体、新鲜，又有趣的认知；让你认真地感谢种植的人、采收的人、贩鲜的人，感谢情愿囿于灶台前的刀俎烟火，烹煮可口的菜饭给你吃的人。一餐一食，一时一季，一年一岁，连缀而成人生旅程中的一个时间单位、一寸丈量刻度，这样的存在感，让人拥有一种和永恒相关联的舒心与宁静。

“事实就是如此悲哀，不是所有人都能功成名就，我们中的有些人注定要在日常生活的点滴中寻找生命的意义。”愿这本书让和我一样的“有些人”，开始留意眼前那些无言又治愈、简单又迷人的事物：四季的更迭，好吃的食物，早春的一棵树，家门口花市里兰花的淡香，初秋一个万里放晴的好天气，长冬里星星般闪动的雪花；更加珍惜身边相伴的人，目送孩子远行的背影，多找时间陪陪父母，默然与渐行渐远的友人告别，守住一点渺小的希望，为自适的生活奔忙，卑微却坚韧，漫长时光中的一米阳光。

另外，本书中附写的食谱多家常、随性，没有繁杂的过程、专业的厨艺，不求精确的度量、刀工，只为平常家里人的三餐而做，满足好吃、熟悉的乡味偏好而已。不得不说，有时候关于食物的美好体验，是凭借情感的浸洇，才令滋味变得分外鲜美、念念不忘的。

康素爱罗

2019年12月于沈阳

四月

清明

公历 4 月 5 日 ~ 4 月 19 日

多云转晴　北风 3~4 级　气温 −2~15℃

清明，三月节，

盖时万物皆洁齐而清明。

此刻的沈阳清寒薄暖，

植物们候着时令，不动声色变化着。

榆树绽开不起眼的红褐色小花团；

杨树一串串浅咖啡色的长花穗挂满枝头；

柳树长长的枝条上柳眼含青，

尖顶拱出绿绿的嫩芽儿；

撩人的东南风徐徐吹来，吹皱了一池春水，

吹响了欢悦的春日乐章。

清明是二十四节气中的第五个节气。

花信

——

山桃、连翘、榆树花、柳花、

杨树花、玉兰、辽梅杏、荷包牡丹

* 备注：本书所有节气的公历时间及天气情况均来自 2015~2016 年沈阳市的记录。

◎山桃

桃子梢头香蕾破　柳色帘青还独坐

鹊修巢

作为本地留鸟，喜鹊的巢多用树枝筑成碗状，内衬细枝、泥巴、苔藓，并用枝条织成疏松的圆顶；其窠巢多建在杨、桦、柳等阔叶树的树冠上，距地面8~10米。每个巢营造时间约为1个月，4月下旬到5月开始产卵。

桃始华

山桃又叫京桃。在沈阳，京桃的初放可以用来预测每一年气温回暖的早晚。一般京桃的平均花期是4月14日，最早可在4月5日左右，最晚时至4月20日左右。

连翘迎春

连翘，木樨科连翘属落叶小灌木。在沈阳，更多的人认为连翘那一弯璀璨的鲜黄色花枝才是真正的迎春花。

◎垂柳

人间四月天

你是一树一树的花开，你是一夜一夜的月圆。
我说你是爱，是暖，是希望……
你是人间的四月天，天真而庄严。

清明无雨，天却阴着。换上一件高领的黑线毛衣，捧上两束白菊，陪着爸妈去乡下给姥姥姥爷扫墓。

车子行驶在乡间路上，天光暗淡，太阳泛着白玉似的光晕。乡下的坟地被一圈辨不出年头的老树围着，老树外大片望不到边际的稻田地裸露着，冬雪尽消，枯草刚刚透绿。老姨带着大女儿已经在坟前等候，妈妈的堂兄弟们也都来给大爷做三周年祭，一把火燎了坟头上的漫漫枯草，噼啪作响，白烟却不汹涌，被北风吹得四下散去。爸爸在墓碑前焚上一炷香，妈妈整整齐齐地码上了供果供菜，外加一瓶老龙口烧酒。我把两束白菊放在了墓碑两旁，堂舅们点燃了刚刚在坟地周围绕了几圈的“大地红”。鞭炮声中老姨开始点燃一张张草黄纸，堂舅妈们跟着往火堆中投放昨夜用金箔纸折成的一串串“元宝”，我随手折了一根粗柳条默默地蹲在火堆旁引火，看着金“元宝”一锭一锭化作青灰。很久没有梦到姥姥姥爷了，但儿时那些朝夕相伴、晨昏相偎的日子却一刻也不曾忘记。分离定是短暂的，终有一日，我们会在天上团聚，我们还会在一起叙旧聊天捡鸡蛋、采草莓，一起欢欢喜喜贴对子、看花灯、包饺子，炊烟又起，满堂飘香，春种夏长，秋收冬藏。

清明节刚过，春雷细闪，乌云如弼马温鞭子下的一排排、一匹匹天马，腾空而出，腾转挪移，转眼间遮天蔽日，久盼的春雨如马蹄扬起的细沙，散落下来。雨就这样不紧不慢地下了两天一夜，土地、草场、枝条间、树梢后藏了很久的绿精灵这会儿都跑了出来，在细雨中一边吹着口哨洗澡一边欢畅地舞动。它们玩得可真疯，要不鹿皮色的草场怎么会眨眼之间就返青？要不林间的枝条怎么轻轻一摇就变戏法似的抽芽展叶？闭上眼睛隐约可以看到绿意点染的心野和远方青翠的山谷，那里住着永远不会老去的亲人和永远不会逝去的春天。

雨后初晴，站在阳光里和植物的嫩芽一起晒太阳，妈妈家门前的小菜园里，小葱油绿，韭叶如旗。窗外，一对喜鹊正在楼对面的老杨树上早出晚归地忙着修葺巢屋。观察数日，没看到有鸟雀来串门，也没个喜鹊兄弟或乌鸦朋友什么的来访。老杨树垂下的长缨花穗，呈现着从嫩黄到金黄，从橙黄到橙红的过渡，春风轻拂，花粉轻扬，枝丫间日渐丰满的巢，像一个硕大的果实。一切都变得安静下来，在浅浅的微风中感觉那些巢穴周围的枝叶一点点生长，舒展，从清嫩到鲜绿。时间仿佛静止了，新生命正在悄悄孕育。

公园里，山桃在如剪春风中，初裁几缕或浅粉、或月白的纱，缠绕在枝杈间。不出一日，变戏法似的，一树一树的花蕾，水粉色的先开，白玉色的也一朵跟着一朵绽放。连翘花开满径，千朵万朵压枝低，明亮的黄色炫耀得人睁不开眼。柳树碧玉妆成，细叶如丝，一家人从河沿走来，孩子戴着柳条编的小帽子，哼着歌，在金色的阳光里一蹿一蹿地走。孩子的笑似早天里的云烟，点亮了四面来风。这情景不禁让我想起林徽因的《人间四月天》，便信口向孩子胡诌起来：雪化后的那片鹅黄，你像……新鲜初放芽的绿，你是……你是一树一树的花开，你是一夜一夜的月圆。我说你是爱，是暖，是希望……你是人间的四月天，天真而庄严。

新　葱

原产中国，百合科多年生草本植物，叶细长，青绿色，管状中空，弦状根须，以白色鳞茎或嫩叶为食，有辛辣味，是常用的调味蔬菜。东北早春的新葱一般分为两种，一种是越冬贮存的大葱入土栽培，新发的葱白，芽叶肥厚，适合与海参、鸡蛋、花肉配在一起炒食，辛甜盈口；另一种是秋播于土地化冻后萌出的小嫩葱，适合蘸酱生吃或拌豆腐吃。

韭 菜

原产中国，多年生宿根草本植物，叶细长而扁平，翠绿色，夏秋间开小白花，茎叶和花嫩时可食。南齐周颙有句名言："春初早韭，秋末晚菘。"初春鲜嫩的新韭，是"芽之初发，且具清香，是其孩提之心之未变也"。最宜东风夜雨，留客款酒，剪韭尝新。春雪化雨后的头刀韭菜，味道浓郁，十分鲜美。

三 鲜 馄 饨

材料

韭菜、海米、鸡蛋、粉条、紫菜、虾皮、面粉，玉米淀粉、油、盐、葱、花椒粉、芝麻油适量

做法

① 面粉加点盐，入温开水和成面团，用擀面杖擀成薄面皮；

②薄面皮撒上玉米淀粉，按照馄饨皮的宽度折叠，用刀切成四边形面皮；

③韭菜洗净后沥干水分，切碎，海米和粉条泡发，粗剁成馅；

④鸡蛋打散，锅里添油炒熟，用锅铲铲成蛋花碎；

⑤放入海米、粉条、盐、花椒粉拌匀，最后加入韭菜顺时针拌均匀；

⑥按自己习惯的手法包成馄饨，锅内烧水，水开后下馄饨；

⑦汤碗内加紫菜、虾皮、葱花、芝麻油；

⑧水再次沸腾后，转小火，同时舀一勺馄饨汤入碗；

⑨最后，用笊篱捞出煮熟的馄饨，开吃。

小根蒜

东北常见野菜，又叫野蒜、大脑甭（béng），石蒜科多年生草本植物，有葱蒜味，鳞茎近球形，叶如丝线，呈半圆柱状，中空。春夏开花，顶生伞状花序，花小，粉紫色，生于田野垄边。小根蒜三月中旬土地解冻后开始生长，四月中旬可采集，挖出来的鳞茎可蘸海鲜酱生食，也可用盐腌一下，拌上辣椒面，滴点芝麻油，是白米饭、饽面馒头的绝配。

小根蒜盒子

材料

小根蒜、酸菜心、鸡蛋、面粉，油、盐、蚝油、花椒粉、芝麻油适量

做法

① 面粉用开水烫过和成面团，静置半小时；

②小根蒜洗净粗剁成碎，酸菜心剁馅；

③鸡蛋打散，锅里添油炒熟，铲成细蛋花碎；

④放入小根蒜和酸菜心拌匀，加盐、蚝油、花椒粉、芝麻油，顺时针拌均匀；

⑤饧好的面团搓成长条，用刀切成小大合适的剂子，按扁用擀面杖擀成圆面皮；

⑥放上适量馅料，边缘捏紧后包成半月形；

⑦平底锅加油，放入小根蒜盒子，小火烙至两面金黄铲出，佐油醋汁食用。

◎酸菜心可以换成白菜、芹菜等蔬菜。

◎小根蒜辛辣味独特，葱姜蒜即可不放。

◎可以买现成的饺子皮，两片盖在一起捏成圆月形盒子，烙好后对半切开吃。

清明节

清明节多在每年的公历四月四日或四月五日，是二十四节气之一，亦是中国传统节日。清明节最主要的习俗是祭祖扫墓，包括添土、除草、烧纸、供果等。撒一抔黄土，奉一束白菊，烧一沓纸钱，点一支香烛……祈愿逝者净土安息，保佑生者幸福安康。清明节除了祭祖扫墓之外，古来还有踏青赏春、插柳射柳、拔河放风筝等习俗。

纸飞如蝶　焚香如灯　春草萋萋　旷野吹风

墓雨潇潇　人心清明　有酒当醉　别柳又生

祭祖扫墓

旧时多土葬，每逢清明，亲人都要躬亲祭扫，给逝者上坟。上坟时供果、焚香、烧纸、添土、放鞭炮，将纸钱用土压于坟头。如今多火葬后寄于墓园，到了清明节，家族老少难得团聚一起，带上清水巾帕、香炉供果、几束鲜花，祭祖扫墓，尽达孝思。拜扫归来，一起踏青野餐，感念先人，慎终追远。如此佳节不虚过，看得人生几清明。

踏青

旧时称“耍青”，早在清代就很盛行。清明这一天，东北满族的男女老少都要到郊外游玩。他们选择山坡、水边平坦之处，摆上酒饭瓜果，围坐在一起，边说边唱，尽情欢乐，谓之“耍青”。《沈阳百咏》中一首诗云：“粘天草色绿如云，郭外南风午正薰，万柳成荫飞絮了，踏青人上大王坟。”描写的就是老沈阳人在清明节这一天到万柳塘内游玩，祭祀清初的一位摄政王，进行插柳、栽柳活动的情景。

供果

清明节时，供奉祖先的瓜果、点心，可以是应时水果、素酒点心，也可是先人在世时喜欢的食物。北地苦寒，在地的水果多为冬贮的苹果、白梨、橘子，沈阳的稻香村点心也好，康福的糕饼也好，以红豆、绿豆、芝麻、板栗入馅，盖以吉祥图案和福字，以求祖先的保佑与庇护。

谷雨

公历 4 月 20 日 ~ 5 月 5 日

多云转晴　西南风 3~4 级　气温 4~19℃

谷雨，

三月中，源自古人“雨生百谷”之说，

清明断雪，谷雨断霜。

“几处早莺争暖树，谁家新燕啄春泥。”

在沈阳，

谷雨节气的到来，

意味着寒冷天气终于结束。

谷雨是二十四节气中的第六个节气。

花信

——

榆叶梅、李、梨、毛桃、苹果、稠李、

海棠、丁香、宿根亚麻

◎丁香

一夜吹香传花信　斜风细雨濯春尘

杏花开

杏树缀满花蕾的枝条摇着摇着，变魔术一般地绽开了，红花初绽雪花繁，重叠高低满小园。

蜂采蜜

“对蜜蜂来说，蜜就像一个日记本，记载着每一朵花的形状和颜色，包括花瓣的长短和花粉的味道。”繁花密蕊引得昆虫们从睡梦中醒来，拍下来的花朵照片里总会不经意出现蜜蜂、瓢虫的小身影。

燕归来

明净当霞日，春来归燕多。燕子为一种小型鸟，背部羽毛黑色，有光泽，腹部白色，体态轻捷伶俐，飞起来忽上忽下，时东时西，能够急速变换方向；多在屋檐下筑窝，每年四月末迁来，十月中下旬迁走，是本地的夏候鸟，以家燕最为常见。

◎海棠

乡野春味花朝至

岁时如约，那些无言的、简单的、原始的事物开始变得迷人，
好吃的食物，放晴的天气，一只在枝头张望的雀鸟，一朵自开自落的野花，
那是儿时初见大自然的情景。

谷雨时节，发现今春第一只燕子，在运河上斜掠低飞，像失控的无人机，在河沿的小路上和你差一点撞个满怀。树下的二月兰结伴出游，榆叶梅的万千枝条上都是密密匝匝的花团，从淡粉、粉红，到玫红、紫红，开得人心里亮堂堂的。一场盛大的花事铺天盖地而至：杏花先开，接着是李花如雪压枝，梨花开时，带着淡淡的清香，毛桃花也开得正好。稠李花开，缎子般的花穗，串串花白，满街异香。苹果花一开，果真如亨利·梭罗所言："要是见到一棵不同凡响的苹果树，花苞绽放了大半，香味氤氲，恰到好处，路人不免会被它勾住脚步。"园子中的宿根亚麻开了，蓝紫色五瓣花，天刚亮就打开，正午一过就像是谁按了开关，齐刷刷落了一地细碎心事。后窗外，一株种了三年的西府海棠花开一树，灿烂若朝云霞蔚，难怪让写《群芳小记》的梁实秋不忍离去，细赏良久："花苞最艳，开放之后花瓣的正面是粉红色，背面仍是深红，俯仰错落，浓淡有致。海棠的叶子也陪衬得好，嫩绿光亮而细致，端是明艳娴静，染尽胭脂画不成。"旧时，海棠经常与玉兰、牡丹、桂花在皇家园林中一处种植，形成"玉棠富贵"的造景，如今在寻常人家乍开乍落，恍若浮生半梦半醒。

这个时节，沈阳的小公园、运河边，经常有挖野菜的人，三三两两，停停走走，沐浴春光，花影如绣，难怪在古时挖野菜被列为春时的赏心乐

事。野菜，顾名思义，是指非人工种植，靠自然力量传播、生长的可食用植物，算得上是大自然的美妙馈赠，更是值得悉心期盼一年一季的时蔬。记得儿时每年初春，常跟着大人们去挖一年只这几日才能吃到的野菜。不等人的各种野菜不管不顾地按着自己的节奏发芽，生长于房前屋后、田间地头，刚跟在大人身后，挖了几棵茇茇菜、苣荬菜和婆婆丁，女孩子们就被田埂上那些摇曳多姿的野花吸引，一采一大把，编了花环戴在头上，偷偷把大人们早上刚刚扎好的两个小水辫散开，披着一蹦一跳地在草甸上牵着手撒着欢地臭美。穿过村子的小溪涨水了，哗啦啦地响，我和妹妹找来大罐头瓶儿，瓶口拴一圈细铅丝，再系上一个细麻绳，就成了一个“小水桶”，结伴去小桥下围坝捉小鱼。

说起围坝捉鱼，其实就是先挖起溪底的湿泥，砌高，要高于水面，再把泥合拢围成一个圈坝，用小手、小瓶、小罐，一点点把坝里蓄的溪水舀出，最后留在湿泥上挣扎的就是十几尾小鲫鱼、小草鱼了，运气好的话还会有透明的小河虾。妹妹总是眼睛里闪着兴奋的光，咯咯笑着把它们扔进“小水桶”里去。姥姥会把我们带回家的小野鱼，裹点盐面儿油煎，把挖回来的野菜洗净，滚汤一焯即起，入冷水漂上片刻，攥干。炒一盘葱花鸡蛋酱，做一小锅榆钱蛋花汤，再盛一碗白米饭，绝对是这个时节里最鲜美的一餐。

清人所著《食宪鸿秘》中提道：“凡诸花及苗及叶及根与诸野菜，佳品甚繁。制须得法，或煮或烹，或腌或炸，方法不一。”其实野菜味淡，似有几分苦味，吃起来却苦中带鲜，春味无敌，可生吃蘸酱，可拌可炒，可烧汤煮粥，可做馅。令人愈加喜欢，但总有无度采摘，破坏环境与生态平衡之嫌，因此正当季时，从早市带几两棚植的野菜回家也不错。也许终有一天，野菜们也成了驯养在菜园里的蔬食，但我们一定还会亲切地喊一句：“老板，来点野菜尝尝鲜。”

谷雨

尝新

婆婆丁

蒲公英在东北地区的叫法，菊科植物。叶莲座状平铺，具羽状深裂。冬末春初返青，四月末抽花茎，开黄色花，结籽数粒形似一白色绒球。婆婆丁种子落地生根，随处可见，可收集种子种在花盆里，食叶看花也不错。嫩婆婆丁可生食，微苦。若婆婆丁已结花苞，可用水焯过后切段炒肉丝，还可制成清茶或连根整棵泡酒。

苣荬菜

又名曲麻菜、曲卖菜、苦苣菜。椭圆形长叶片，边缘有细齿，表面绿色，背面灰绿色，有时叶脉呈紫红色，菊科植物。苣荬菜嫩叶可蘸面酱、芝麻酱食用，生吃略带苦味，用开水烫一下，苦味可除。

芨芨菜

荠菜在东北地区的叫法，十字花科植物。多生长于田间地头，有时在路边绿地，甚至公园花圃内也可见到。其叶嫩，根鲜，具有特殊清香气。春天摘些荠菜的嫩茎叶，焯过后可凉拌、蘸酱，包荠菜水饺、荠菜包子，还可煲成鲜美的荠菜粥。东北的芨芨菜多为散叶芨芨菜，形如齿轮般的嫩绿叶片，一棵棵连成一片儿。到了四月末五月初，纤细柔弱的花枝开起一朵四瓣小白花。结成绿色的心形小荚，放入口中细细品味，会有一种类似于小辣椒的特殊味道。

荠菜煮鸡蛋

材料

荠菜、鸡蛋，盐、姜适量

做法

①荠菜洗净，姜切片，鸡蛋外壳清洗干净；

②锅中添冷水，放入鸡蛋，盖上锅盖，大火煮水滚开，马上关火，勿揭盖；

③另起锅，放荠菜、姜片、冷水，水开后转小火煮10分钟；

④捞出鸡蛋，轻轻把壳磕裂，入荠菜水中煮2分钟，关火；

⑤鸡蛋在荠菜水中泡过夜，第二天早上即可食用。

◎可直接将荠菜与鸡蛋一起煮，但鸡蛋会煮老，口感差些。

榆　钱

早春，榆树先叶开花后结成串的翅果。《本草纲目》载："榆未生叶时，枝条间生榆荚，形状似钱而小，色白成串，俗呼榆钱。"东北人习惯称之为榆树券儿，每年四月下旬，小区、公园、郊外的榆树枝上，都会爆出一团团青黄色的"榆树券儿"，挤在一处，花朵一样。榆钱的吃法有两种：一是生吃，凉爽清甜；二是熟食，洗好的榆钱撒点玉米面、滴点油入锅蒸熟，做成香甜的榆钱饭。想下酒就切点薄肉片来个榆钱炒肉，当然我更喜欢两三分钟就做得的一小锅榆钱蛋花汤，绝对是"一杯香美荐新味，何必烹龙炮凤夸肥鲜"！

榆钱蛋花汤

材料

榆钱、鸡蛋，玉米油、盐、葱、姜、料酒适量

做法

①榆钱洗净，沥干水分；

②1个鸡蛋磕入小碗，加几滴料酒打散备用；

③热锅入玉米油，葱姜末炸香，添适量凉开水；

④水滚开时，快速淋入蛋液，撒榆钱，盖上锅盖，马上关火；

⑤焖上30秒，开盖、点盐起锅。

◎用筷子滗着碗边淋入蛋液，可以让蛋花更好看。

◎爆锅时入几粒泡发的瑶柱，滋味更鲜美。

◎水滚开时，先扒拉点面疙瘩进去，做成榆钱面疙瘩蛋花汤也不错。

虾爬子

学名虾蛄，穴居在泥沙质的浅海底，辽东半岛沿海均产。虾爬子肉质含水分较多，淡而柔软，且有一种特殊诱人的鲜味。每年的四月中至五月初是最佳赏味季节，公的肉多，鲜甜嫩滑，母的有黄，口感丰富。清蒸和水煮是最原汁原味的做法，喜欢生食可以自制卤汁，把洗净的虾爬子放入卤汁中，浸卤约小半天，即可捞出摆盘上桌。

五月

立夏

公历 5 月 6 日 ~ 5 月 20 日

☼ 晴　西北风 3~4 级　气温 7~21℃

立夏，农历四月节。

斗指东南，维为立夏，

万物至此皆长大，故名立夏。

沈阳的五月是一年中最迷人的季节，

春花盈野，荠菜白花萋萋，

还有成片的夏至草。

树林里枝枝翠英，

毛樱桃和小青杏已经挂满枝条。

水面上落满枯黄的榆钱，

在乡下，

清晨可以听到布谷鸟的叫声。

立夏是二十四节气中的第七个节气。

花信

——

洋槐、黄刺玫、山楂、山里红、

灯台树、金银忍冬、夏至草、

白屈菜、鸢尾

◎荠菜

南风草木香　飞絮频扑窗

槐花甜

洋槐花开在五月上旬至中旬，幽香甜清，有淡淡的水果味，花期短而集中，大约有10天。

柳絮飞

柳絮风前转，杨花雪里春。不光是杨花、柳絮，各种植物的花朵像蜘蛛一样吐着看不见的花丝，各种植物的种子乘着毛茸茸的翅膀开始新的旅行。

时雨至

时雨，阵雨。时断时续的雨，有时还会出现太阳雨的美景。

◎重瓣黄刺玫

最是一年春好处

尘世间没有什么让人想要占有，
也没有谁值得去艳羡，
因为这些个安静、明朗又让人意外的春天的清晨和夜晚。

立夏节气，洋槐花一嘟噜一嘟噜地开了，那情景倒真像季羡林描画的那样："满树繁花，闪着银光；花朵缀满高树枝头，开上去，开上去，一直开到高空，让我立刻想到新疆天池上看到的白皑皑的万古雪峰。"空气里飘着的淡淡甜香，像普鲁斯特的玛德琳小蛋糕一样神奇，瞬间就能将人带回童年去。姥姥家门口那两棵大槐树，每到春天一树堆雪，男孩子爬到树上摘槐花，一把一把直接送进嘴里，小女孩把香香的槐花串插在草帽沿儿上，举着对生的槐树叶子数单、数双地玩着占卜游戏……

往年总是摘几串槐米，撒在稀面糊里烙几张槐花鸡蛋饼，今朝兴之所至，试做了中原人喜食的槐花麦饭：半开的花骨朵拌几滴橄榄油，撒上干面粉，入锅蒸上十分钟，裹着香甜热气蘸上点蒜酱汁，味道藏着小小的惊喜。我曾经跟孩子说，记得若干年后，在妈妈的墓旁种一棵洋槐吧。春寒料峭的清明别来，躲在家里温一壶老酒驱寒。五月的天空明朗，带着小小家眷来，那时澄澄水如蓝，灼灼花如绣，花树下喝茶聊天做游戏吧，记得我教你玩的槐树叶子占卜吗？那些小小的争执和欢笑，是最贴心的祭物。

时雨至，柳花一地，连翘明黄色的火焰正慢慢被叶的翠绿吞没，断流的运河如今流水淙淙，青青河面，微雨溅起浅浅涟漪，倒映着两岸垂柳的柔枝，越来越深的绿色烟雾笼罩着草地和树木，染就一溪新绿。

不出几日，柳絮风前转，杨花雪里春。不光是杨花、柳絮，各种植物的花朵像蜘蛛一样吐着看不见的花丝，各种植物的种子乘着毛茸茸的翅膀开始新的旅行。生在青花瓷坛里的碗莲，如今已开始在水面上舒展着田田的圆叶子，我喜欢把水淋在叶面上，看着一粒粒晶莹水珠在上面摇晃，躲闪，又慢慢地触碰、欢聚在一处。水面上柳絮、榆钱如萍，过一两天，浅黄的榆钱种子生出细细的白色根须，便慢悠悠没入水底，静静藏进油黑的河泥中。德国鸢尾伴着晨光和鸟儿的清唱绽放，一树一树的金银花正由莹白转化成纸黄，桃子的果实小指甲那么大，细细的茸毛，像春衫少年的一抹胡碴儿。

这是沈阳一年里最好的时节。清晨的早市上，柳条篮子装满青绿的鸭蛋，紫红的香椿头和刺嫩芽，肥美的鲅鱼脊背黑亮，南来的鲜蚕豆粒粒饱满。春夜细雨后，温润的气息里藏着喜悦的静，灯火阑珊中一树花香次递绽放，趁着月光，和爱人在树下寻一朵五瓣丁香，淡淡花影里，牵着手虚度春光。尘世间没有什么让人想要占有，也没有谁值得去艳羡，因为这些个安静、明朗又让人意外的春天的清晨和夜晚。

◎榆叶梅

◎洋槐

立夏

尝新

土　豆

土豆是马铃薯的东北昵称。早市上新售的小土豆品种以黄麻子、尤金为主，薯肉浅黄，沙脆适中。小时候，大人起完土豆后，小孩们挎个小土篮，拎个小铲子，去挖落在泥里的小土豆，东北人称之为“溜土豆”。挖宝一样溜出来的小土豆，最适合扔在灶坑火红的柴灰下烤熟，趁热撒点精盐粒，焦香绵软，本味无敌；也可加点香料、肉皮、芹菜、木耳、干辣椒做一盆酱焖小土豆，和刚出锅的大花卷是最佳 CP，当然下酒、下饭、拌面条也好，香滋辣味一扫光。趁着小土豆们还没长大，麻溜吃吧。

红焖小土豆

材料

小土豆、木耳、香菜、猪肉皮、青椒，油、盐、白糖、葱、姜、生抽、老抽、八角、料酒、花椒粉适量

做法

①小土豆带皮洗净，猪肉皮切细丝，木耳泡发洗净；

②香菜整棵洗净控水，青椒去籽竖切细长条，葱切段、姜切片；

③平锅入宽油，文火，入肉皮煸出荤油，加小土豆煎至表皮焦黄；

④投入葱段、姜片、花椒粉、白糖，翻炒几下，入木耳、青椒、香菜；

⑤烹入料酒、薄盐、生抽、老抽，添凉白开，刚没过食材即可；

⑥扔一枚八角进去，盖上锅盖，大火烧开，小火慢煨；

⑦焖至收汁，关火起锅。

槐　花

刺槐树的花。刺槐，又名洋槐，落叶乔木，原生于北美洲。洋槐树体高大，叶色鲜绿，春季开花，花为白色穗状花序，有香味。鲜槐花以花瓣将开未开时口感为佳，生吃与泡茶最原汁原味，有暖暖的甜香。

槐花饼

材料

洋槐花、面粉、鸡蛋，盐、玉米油、白芝麻适量

做法

①槐花洗净，沥干水分；

②面粉中打入鸡蛋，加入槐花，加盐、加凉白开搅拌成稀面糊；

③平底锅入玉米油，舀一勺稀面糊摇成圆饼，撒点白芝麻；

④一面烙好后，翻面，煎到两面金黄铲出锅，一切四块，摆盘上桌。

香椿头

指香椿树的嫩芽，芽叶未舒，颜色赤紫，独具芳烈奇香。国人以香椿嫩芽入馔已久，有“树上蔬菜”之称。清代文人李渔对其推崇备至：“菜能芬人齿颊者，香椿头是也。”在沈阳多立夏节气前后萌芽，经长冬酝酿的红色芽头，香味浓郁，宜淡味候之，香椿炒笨鸡蛋最具东北风味，亦可做小清新的香椿拌豆腐：“嫩香椿头，入开水稍烫，梗叶转为碧绿，捞出，揉以细盐，候冷，切为碎末，与豆腐同拌，下香油数滴。一箸入口，三春不忘。”春末快要下市的香椿青芽更适合用盐油治之，留一罐美味的香椿酱，佐食调味俱佳。

刺嫩芽

五加科辽东楤木的嫩芽。辽东楤木属多年生落叶乔木，生于海拔1000米左右的山地森林中。刺嫩芽从仲春到初夏均可采摘，以春末季节嫩叶拳曲未伸展者为佳。与香椿头爱憎分明的异香相较，刺嫩芽风味更具木本植物初生的清鲜之气，春季采新芽嫩叶沸水焯过后，炒食、凉拌、蘸酱、裹面糊油炸均可。山野时珍，不着烟火，每年吃上一回就很满足。

香酥刺嫩芽

材料

鲜刺嫩芽、面粉、鸡蛋，盐、香油、大豆油、适量

◎调面糊时可加入一点泡打粉，口感更酥脆。

◎喜欢蘸食的可不在面糊里加盐，趁热佐酱汁食用。

◎芽叶初绽的刺嫩芽不用焯水，直接料理口味更佳。

做法

①鲜刺嫩芽洗净，开水烫一下，换冷水过凉沥干；

②用面粉、鸡蛋、盐、几滴香油搅打成稀面糊；

③厚底小铁锅添大豆油，将刺嫩芽放在面糊中轻轻地翻转挂糊；

④油烧热后，一根一根入油，注意不要粘连；

⑤炸至面糊金黄、芽叶翠绿，捞出装盘上桌，趁热吃口味最佳。

小满

公历 5 月 21 日 ~ 6 月 5 日

☼ 晴　西南风 5~6 级　气温 13~29℃

农历四月中。

小满者，物至于此小得盈满。

地处东北的沈阳，

春种序幕刚刚拉开，

起垄蓄水、抛秧插秧，侍弄旱田，

是农人一年中第一个繁忙节气。

小满是二十四节气中的第八个节气。

花信

——

芍药、蔊菜、红花锦带、太平花、

白杜、红刺玫、皂角花、

蔷薇、辽东水蜡

◎芍药

浮萍生绿子规啼　芍药花开晚风眠

刺玫香

红刺玫，是中国的玫瑰原种，是沈阳市的市花。在古汉语中，“玫瑰”一词原意是指红色美玉。

农事忙

在乡下手工插秧的情形越来越少见了，大多数都是插秧机在工作。翠鸟、蟾蜍、蝌蚪、蚯蚓等曾在这个时节和农人们一起忙碌的身影，越来越难觅踪影。

苦菜秀

《本草纲目》载："苦菜，即苦荬也。春初生苗，有赤茎、白茎二种，其茎中空而肥，折之有白汁出。叶似花萝卜菜叶，而色绿带碧，上叶抱茎，梢叶似鹤嘴，每叶分叉，撺挺如穿叶状。开黄花，如初绽野菊。一花结子一丛，花罢则收敛。子上有白毛茸茸，随风飘扬，落处即生。”话说“苦菜秀”这一候，沈阳倒是赶上了中原的节奏。

◎玉米秧

暮春初夏

随着岁月流逝，我们慢慢懂得许彼此一种平淡后的回味，
焦虑后的放松，苍老后的年轻；
愿这样牵手一路走下去，并有幸遇见更多像玫瑰花一样美好的东西。

小满刚过，园子外那几株芍药像约好了似的，次第绽放，灿灿如烈焰，映得人脸也粉扑扑的。“两三丛烂熳，十二叶参差。背日房微敛，当阶朵旋欹。”白居易的诗点染出水墨画般的一抹写意，到了元稹的《红芍药》中则是绚丽的工笔：“芍药绽红绡，巴篱织青琐。繁丝蹙金蕊，高焰当炉火。翦刻彤云片，开张赤霞裹。烟轻琉璃叶，风亚珊瑚朵。”芍药古时又称“将离草”，以芍药相赠，有表达相互爱慕、依依不舍之意，“今日赠君将离草，望君莫忘昔日好”。开在春日之末的芍药，亦如惜别之时斟满的最后一盏美酒，绰约天真，赏心殿春。

暮春之末，黄花苦菜绣野，盛放的盛放，结籽的结籽，半日阳光晒过，就无风自去。五月将尽，刺玫花开，裹了一冬的花香幽然绽放，引得细腰蜂子留恋。想摘几枚深红的花骨朵泡茶，终不忍下手。等花靥半掩，紫红花瓣采了满满一篮，与红糖同捣后，贮藏，谓之玫瑰酱。一月后的小暑，制玫瑰酸奶冰沙解夏正好。原产于中国的玫瑰，如今是爱情的化身。所有玫瑰之中的一朵，因我的关注和爱护而成为无可替代的一朵，因为爱上一朵花，世上的许多事都可能让我觉得幸福，不只是每个春天，不只是仰望星星的时刻。凝神想来，和爱人相识二十载，一起手牵手走过婚礼的红地毯，一起在北京夏天的槐花香里耳鬓厮磨，曾一起面对病魔，一起在十个

月的焦灼期待中迎接新生命。有心有灵犀的感动，亦有相顾无语的茫然；有横眉冷对的恶语中伤，也有无语凝噎的一声轻叹。随着岁月流逝，我们慢慢懂得许彼此一种平淡后的回味，焦虑后的放松，苍老后的年轻；愿这样牵手一路走下去，并有幸遇见更多像玫瑰花一样美好的东西。

过六一，和朋友圈里满屏飞升的红气球、蹦蹦跳跳的彩虹棒棒糖一起上市的还有红彤彤的大地草莓。一清早，将洗好的红果子拌点奶油、撒点白砂糖，配上刚烤好的白面包，两个人吃得很开心。“仿佛天意，初夏时咬开一个草莓，真的像吃下一颗‘红心果’，勇气豪情顿时油然而生，一年余下漫长的日子里就能面对一切，担当一切。”亨利·梭罗和我们一样也有草莓情结呢。

蔷薇开了，微雨的清晨、黄昏，暗香花瓣落满了园子里的小石子路，清白、水粉、胭脂红。皂角树的若草色细碎小花落在行人发间，顺着肩头抚过，给豇豆红色的地砖镶了好看的翠边儿。灶台旁，青花瓷的细嘴酒瓶，清供的莳花从淡粉的七姐妹到微紫的鼠尾草，从焯菜花的鸭嘴黄到太平花的皎月白。空气中弥漫着植物特别的气息，一会儿青涩一会儿清甜，让人心无挂碍，不惧不惊。

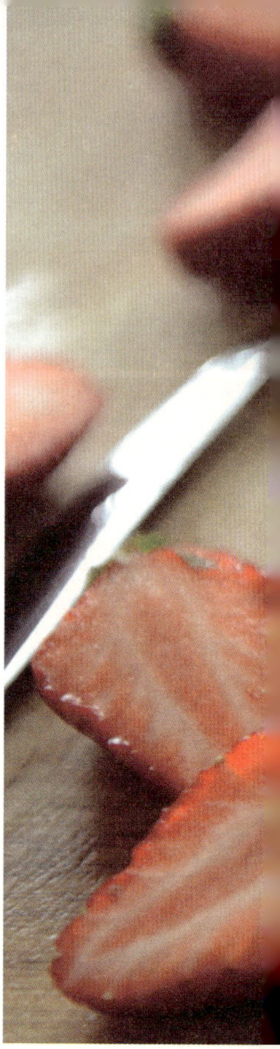

草　莓

蔷薇科多年生草本植物，贴地而生，有匍枝，初夏开花。花白五瓣，花心淡黄，花托膨大成浆果，果肉多汁，有小籽。在好吃的果子中，一年里就数草莓成熟得最早，仿佛春天里所有的芬芳馥郁都给了它，鲜食最能尝到那种甜美香气，也可制果酱或酿成草莓酒。

香　菜

芫荽的俗称，原产地中海沿岸，伞形科，芫荽属，一、二年生草本植物。叶互生，羽状复叶，嫩茎和叶有特殊香气，是常用的提味蔬菜。小满应时令而生长的香菜，三寸有余，茎叶鲜嫩、香气苏醒，佐酱鲜食或切段凉拌最得真味。

香菜干豆腐卷

材料

香菜、锦州干豆腐，小葱、烧烤辣酱、孜然粒适量

做法

①香菜、小葱洗净，切段；

②锦州干豆腐开水浸烫一会儿，沥干水，切长方形小块；

③取一块干豆腐，卷入香菜、小葱段，依次卷好后码入平盘；

④两到三个干豆腐卷穿小竹签固定，平底锅热油煎至两面金黄；

⑤刷上烧烤辣酱，撒孜然粒调味即可。

◎喜欢清淡原味，可至步骤③后，直接佐农家酱蘸食。

小萝卜

萝卜的一种，生长期很短，块根小，表皮鲜红，内里雪白，水分含量很丰富，爽脆甘甜中带点微微的辛辣。春末夏初的小萝卜可用水清洗后直接蘸酱吃，也可与蔬果一起做开胃沙拉；嫩嫩的萝卜缨子，有特别的鲜味，凉拌、清炒、做包子都好吃。

糖醋樱桃萝卜

材料

樱桃萝卜，盐、糖、白醋适量

◎刀功厉害的你，可在腌制前将萝卜切蓑衣花刀，卖相小清新，透味又爽口。

做法

①樱桃萝卜切去根须和缨子，用适量盐腌制5分钟，将渗出的水倒掉，凉白开冲洗干净、沥干；

②调制糖醋汁，糖与白醋按1：1的比例调配，搅拌均匀；

③小萝卜一个一个用刀面拍裂，码入玻璃碗，入糖醋汁，充分浸透；

④放入冰箱，腌制2~4小时；

⑤捞出装盘，撒点香菜末或萝卜缨叶碎即可。

玫　瑰

原产中国，东北人习惯称之为“红刺玫”。蔷薇科落叶灌木，茎密生锐刺，羽状复叶，花单生，紫红或白色，芳香。玫瑰初开的花朵可入药，理气活血，疏肝解郁。《食物本草》中说：“玫瑰花食之芳香甘美，令人神爽。”玫瑰花瓣可以用蒸馏法提炼而得玫瑰露，玫瑰花可制作玫瑰茶、玫瑰酱、玫瑰糕、玫瑰酥饼等。

玫瑰醋

材料

新鲜玫瑰花瓣，冰糖适量，酿造米醋一瓶

做法

①鲜玫瑰花瓣小心冲洗，沥干水分，入广口玻璃瓶；

②放进适量冰糖后，缓缓倒入米醋；

③盖紧盖子密封保存7天以上；

④过滤掉花瓣，取其澄清液体入细口饮瓶，制成玫瑰醋。

◎玫瑰醋可用作菜品凉拌汁、沙拉汁、烤肉蘸料。

◎也可兑入蜂蜜、凉开水制成玫瑰醋饮，花香浓郁、酸甜可口。

玫瑰酱

材料

鲜玫瑰花瓣，红糖适量

做法

①鲜玫瑰花瓣小心冲洗，晾干水分；

②开水烫过的无油广口玻璃瓶，先铺一层红糖，再入一层玫瑰花瓣；

③以此类推，至瓶口处铺满一层红糖，盖紧盖子密封保存；

④室温下自然保存，两个星期后翻搅一次，一个月后即可食用。

◎玫瑰花瓣先入料理机打碎，可使口感更细腻。

◎将玫瑰酱涂抹在吐司面包上或烤制玫瑰风味的小饼干、小曲奇。

◎可做各种面食的馅料，如玫瑰糖饼、玫瑰元宵等。

◎可直接冲泡热水，或放于红茶中制成玫瑰茶饮，也可加入酸奶，制作沙冰冷饮。

◎开封食用后，冷藏保存。

六月

芒种

公历 6 月 6 日 ~ 6 月 21 日

雷阵雨　南风 3~4 级　气温 16~26℃

芒种，农历五月节，

谓有芒之种谷可稼种矣。

此时的沈阳进入初夏时节，

清晨总是被窗外的鸟鸣叫醒，

夜露在心形叶片间悄然聚结，

草禾生了细穗，

空气里的花香变得浅淡，

暴马丁香开了又谢，

蝴蝶在花树前寻寻觅觅，跳着忽高忽低的舞步。

芒种是二十四节气中的第九个节气。

花信

——

暴马丁香、枣花、水柳、

石碱花、大花萱草、紫花苜蓿、

梓树花、石竹

时雨及芒种　鱼跃池水满

草芒生

树木丛生，百草丰茂。草地中常见的早熟禾、酥油草碎花漫漫，一簇簇狗尾草蹿出毛茸茸的穗芒。

樱桃红

六月中，樱桃红了，玲珑剔透，颗颗摘下入浅灰陶碗，招待远道来客，或比邻而居的友人。

晨露结

又称朝露，清晨草木上晶莹剔透的小水珠，闪亮，透明，圆润，夏气含露，怡然自成。

◎旱地早熟禾

花生毛豆佐小鲜

时序之中的自然万物总是那么迷人，让你找不到合适的词去描摹它，
唯有静静过活，慢慢消磨，
白色的云朵和放出去的风筝，懒洋洋地飘在初夏的天空。

芒种时节的气温像登上了过山车，午时晒得睁不开眼，夜半又冷风骤袭。晨起体倦神疲，新姜切片，小葱去叶留须，再加点红蔗糖，煮沸关火，热腾腾一碗喝下去，还真舒服了许多。趁着骤雨初歇，跟着母亲一起拔去垄台间的新草，剪去旱金莲的枯叶，扶正被雨水打弯的水柳儿，给白桃树和苹果树疏果去叶，绿叶掩映下是一串串正在变得饱满的小果实，飘过一片乌云又是一阵细雨。

六月中，鲜果上市，南方的荔枝、杨梅，本地的桃子。家门口的几棵毛樱桃树也是“流莺偷啄心应醉，行客潜窥眼亦痴”。孩子信手扯弯了一枝，边摘边吃，爸爸每天采一捧煮樱桃水喝。不过三五日，便熟得含饴软消，只能采了酿一坛樱桃酒，留作他日客来，甘为舌上露，暖作腹中春。

乡下菜园正是豌豆季，剥了满满一碗，一片片翠绿豆荚揭去里面的硬皮，和嫩豆粒配在一起清炒，清香甜鲜。余下的直接盐水煮豌豆角，也是懒人的美食。早市里成堆的鲜毛豆和新上市的花生角“小白沙”，烀好毛豆和五香花生角，撸串、下酒、饮茶时，拼上一盘，都很受欢迎。

端午节前，园子里剪了几枝青艾蒿和早市上买的五彩葫芦扎在一处，挂在门旁和春节时的手写对联相映成景。今朝兴之所至，买了新鲜的苇叶，泡好了糯米小枣和去年晒干的马蔺绳，在厨房里鼓捣了半日，包了几只辨

不出形状的三角粽。灶上煮了数分钟，两只散开成了糯米粥，其余都有模有样地端上了桌，满屋子的植物与米食的暖香，真是意外之喜。

孩子翻书，问我身边的无字词典是什么。我说是眼前一木一花一虫一鸟的大自然吧：云雾缭绕的绿野仙踪，鹭鸟翔集的滩涂苇丛，雨中果落灯下虫鸣，花生毛豆佐酒一杯好友相逢。时序之中的自然万物总是那么迷人，让你找不到合适的词去描摹它，唯有静静过活，慢慢消磨，白色的云朵和放出去的风筝，懒洋洋地飘在初夏的天空。

毛　豆

是以采收鲜嫩豆角作蔬菜食用的大豆。豆科大豆属一年生的农作物，茎粗硬而有细毛，荚果扁平形，亦覆有细毛，故称之为毛豆。原产中国，春种夏初鲜食，豆荚嫩绿色，青翠可爱；夏种秋收黄熟后，就是我们熟悉的黄豆。鲜毛豆连荚水煮最得本味，剥粒清炒、凉拌鲜香无比，佐酒美食。

毛豆闹鸡

材料

鲜毛豆、鸡胸肉，鸡蛋清、干淀粉、姜、玉米油、盐、料酒、花椒粉、黑胡椒粉适量

做法

①鲜毛豆洗净，滚水加少许盐，将毛豆焯至八分熟捞出，过冷水后剥出豆粒待用；

②鸡胸肉切小块或细丁，入盐、鸡蛋清、干淀粉、料酒、花椒粉腌10分钟，姜切末；

③适量玉米油倒入炒锅，下姜末爆香，放入鸡丁炒至颜色变白；

④倒入毛豆粒炒匀，起锅前撒盐、黑胡椒粉后装盘即可。

◎这道菜热吃、冷吃都好，很适合做便当或野餐配菜。

◎喜欢香辣口味，可在爆锅时加点香辣酱。

花　生

又名落花生、长生果。豆科一年生草本植物，茎匍匐或直立，被茸毛，羽状复叶，腋生总状花序，花黄色，受粉后子房柄伸长钻入土中，长成茧状荚果，种仁长圆形，有淡红、深红等色，适宜沙质土壤栽培。带荚鲜食水煮最佳。晾干的花生仁当然是那道东北“硬菜”油炸花生米最受欢迎，下酒小食，好做好吃。

豌　豆

豆科一年生或二年生草本植物，茎蔓生，羽状复叶，顶端有卷须，花白色或紫色，结荚果，有硬荚、软荚之分，软荚即俗称的荷兰豆。豌豆嫩苗、嫩荚和种子皆可食，每年六月中旬刚刚上市的豌豆角清香鲜甜，只要加少许盐稍稍煮熟，便可当零嘴吃，尽是人间美味。

樱　桃

蔷薇科落叶灌木或小乔木，叶广卵形，前端渐尖，有粗锯齿；花期4月，花冠粉白色；果柄长，果实小，球形，鲜红色，微甜带酸。初夏成熟其颗如璎珠，故谓之樱。焕若璎珠的果实，也是莺鸟喜爱的食物，故又称莺桃、含桃。目前我国栽植有三种：甜樱桃，又叫车厘子、大樱桃，原产欧洲黑海沿岸；酸樱桃，又叫中国樱桃、小樱桃；毛樱桃，又名山豆子、山樱桃。毛樱桃以前遍植东北城乡，有浓浓的乡土气息，小孩子都喜欢吃，生食、煮水、浸酒、蜜渍都可。

樱 桃 果 酒

材料

毛樱桃，冰糖、高度白酒适量

做法

①毛樱桃洗净，自然晾干；

②取可密封玻璃瓶，放一层樱桃，加一层冰糖，以此类推；

③放至八分满后，倒入适量高度白酒、需没过冰糖；

④密封好后，放在阴凉通风处保存两个月左右即可饮用。

◎冰糖可依个人口味增减。

◎高度白酒以35度以上为宜，低度酒亦可，但须冰箱冷藏保存。

◎喜欢清亮透明的酒色，可过滤后装瓶饮用。

小黄花鱼

又叫小黄鱼、小黄花、小鲜。硬骨鱼纲，石首鱼科，长约20厘米，体背灰褐色，腹部金黄色，为近海底层结群性洄游鱼类。主要分布在渤海、黄海和东海。渤海湾捕捞期为5~6月，小黄鱼肉细嫩，呈蒜瓣状，刺少，味道鲜美，可整条蒸、焖、煎、炸，或用盐腌制，或晾干制成小黄鱼干。

端午节

每年五月初五端午节，沈阳本地，家家户户都有挂纸葫芦和插艾蒿的习俗，在门旁挂上五颜六色的纸葫芦，在房檐下插上艾叶，大人小孩手腕上系一根五彩线，煮一小锅红皮鸡蛋，包一大锅清鲜的江米红枣粽，一家人围坐在一起欢欢喜喜过佳节。

五月五，是端阳。门插艾，香满堂。
吃粽子，撒白糖。龙舟下水喜洋洋。

包粽子

粽子古称“角黍”，传说是为祭投江的屈原而发明的，但直到晋朝，粽子才成为端午的节令食物。晋周处《风土记》载：“仲夏端午，烹鹜角黍。”粽子的做法是，把粽叶即箬竹叶或苇叶浸泡，洗净，糯米泡发佐以黄米、大枣、豆沙、咸肉、咸蛋黄等为馅，包成三角或四角形状，蒸熟后食用。各地人民过端午节吃粽子的习俗都一样，但口味各异，东北粽子以甜味为主，特别喜甜而不喜咸。

插艾叶

《荆楚岁时记》载：“采艾以为人，悬门户上，以禳毒气。”在端午节，家家都将艾叶悬于堂中，用菖蒲作剑，插于门楣，有驱魔祛鬼、驱虫杀菌防病之神效。乡间多自采自用，城里则有人沿街叫卖菖蒲和艾草。艾草和菖蒲的叶片也含有挥发性芳香油，是提神通窍、杀虫灭菌的药物，所以民间常用来消疾病、驱鬼邪、避晦气，以期今后日子的平安和好运。

戴香包

香包又叫香袋、香囊、荷包，有用五色丝线缠成，有用碎布缝制而成，内装香料，戴在胸前，香气扑鼻。如今到了端午佳节，已少有人佩戴香包，但制作日趋精致的各种香包，已经化作节日种类多样的挂饰，悬挂于门旁、窗前、案头，成为端午节特有的民间艺术品。

系五彩线

五彩线，古代也叫五彩长命缕。取五色丝线拧在一起，于五月初五系于小孩手臂上，可避邪和防止五毒近身。在端午节后的第一个雨天，将五彩线剪下来扔在雨中，会带来一年的好运。还有一说法是要戴到“六月六”才把它剪下来，丢进河里让水冲走，寓意百病也被带走了。以前编五彩线都用绣花的丝线，由红、黄、蓝、绿、紫五个颜色组成。如今的五彩丝线质地多样，颜色丰富明丽，用色灵活，亦不拘于小孩和女子，男女老少都可以系上一条，讨个避灾除病、益寿延年的好彩头。

撞蛋

在东北叫“顶鸡蛋”，是孩子们端午节日里的乐事之一。除了热腾腾的粽子外，端午节清早的餐桌上一定还会有一盘煮鸡蛋。家人们各选一个鸡蛋，比试一下，只能贴在一起对顶，不能蓄力对撞，完好的一方胜利，输了也好，皮儿一剥，蘸点白糖吃掉做早餐。完好的鸡蛋，长辈用彩色毛线编成的网袋装好，挂在孩子的脖子上，寓意“逢凶化吉、平平安安”；口袋里再揣上一两个鸡蛋到学校去跟小伙伴们一决高下。另外，在蛋壳上写“必胜”“加油”，用鸡蛋的小头去顶，偷偷在蛋壳上涂蜡油等都是取胜的小“伎俩”。

江米红枣粽

材料

江米（糯米）、红枣、白砂糖、粽叶、马蔺绳

做法

①江米前一天晚上洗净泡软；

②粽叶、马蔺绳刷洗干净，开水烫二三分钟后，捞出泡在凉开水盆中；

③红枣洗净，焯水5分钟捞出备用；

④取两片到三片粽叶相叠，折成漏斗状，放一半糯米，再放一颗大枣；

⑤再放些糯米，装至九分满即可；

⑥稍微捏扁一下，将上面的长叶子折回来盖住糯米；

⑦一手捏紧，一手用马蔺绳缠绕、打好结，剪去多余绳尾，完成；

⑧将包好的粽子码入高压锅，添冷水没过粽子，上汽后转小火，半小时左右即熟；

⑨煮好的粽子不要立即出锅，泡个把小时捞出，打开粽叶蘸白糖吃。

◎粽叶可选新鲜的苇叶，也可选干制的箬竹叶。

◎煮粽子的时间，依糯米浸泡长短、粽子的个头大小适当增减。

夏至

公历 6 月 22 日 ~ 7 月 6 日

☼ 晴　西南风 3~4 级　气温 17~30℃

夏至，五月中。

夏，大也，至，极也，

万物于此皆壮大繁盛，阳气亦达到极致也。

炎热时气将至，

窗外绿树成荫，夏果珠离。

篱笆外的宿根植物也开始开花了，

白天里被日光冲淡的花香，

在夜色将近时伴着晚风四下飘溢开来。

夏至是二十四节气中的第十个节气。

花信

栾树花、椴树花、黑心菊、

波斯菊、紫穗槐、旱金莲、

太阳花、木槿、蜀葵、百合

◎黑心菊

绿荫渡苔几树花　晚香吹远两三家

椴树开花

椴树的花期是每年的六月中旬到七月中旬，椴树花盛开时，满树结满白色的小花朵，空气中到处弥漫着芬芳扑鼻的香气。

玉米出绒

五月下旬种植的玉米，从秆子的结节处生长出淡绿色玉米棒，抽出水红色细流苏一样的细绒须，带一点点透明光泽。

鲜果次第

绛紫的桑葚、杏子的鹅黄在枝间跳跃，园子里的树莓与枸杞的小浆果，躲在叶子后面仍晒得红彤彤的，清甜滋味，孩子和小鸟都很喜欢。

◎椴树花

莓红桑葚紫，叶藏杏子肥

岁时风物便是建造在人们心目中的园林，
是情不知所起的一篮夏果，
一盆茉莉，一畦菜地，一溪云天。

夏至。在城中公园里散步，被一阵异香牵引，走进一小片椴树林，椴树枝干高大，肥绿叶片层层叠叠，叶脉清晰如刻，足有一拃长的苞片间垂下一串长长聚伞花序，花朵小小的，白色，五瓣，细密花蕊的甜美蜜汁，引来多得数不清的蜜蜂嗡嘤于花心处，一朵又一朵。椴树花是东北地区最佳的蜜源植物，椴花蜜色泽晶莹，结晶凝如白脂，口味芬芳轻甜。欧洲人还喜欢用晒干的椴花制茶，有点类似菊花茶的饮用方法，据说可以安神，是一种喝了让人可以安然入睡的良饮。

小区里栾树的明黄色花串开成了片，墙角的一棵木槿碧叶扶苏，枝头明粉色一朵，朝开暮落。栅栏外的几株蜀葵几天时间就开成一小片花墙，单瓣复瓣，水粉、淡白、深红，花朵儿节节向上，让人不注意都不行。菜园里的豆角、黄瓜、西红柿都爬上了架，开出了黄色、紫色、白色的小花。母亲大人谷雨时移栽一株小小的红树莓，才两个月不到就四处扩张，恣意自由地形成一小片树丛。宝红色的果实，像夏日精灵随手点亮的小提灯，在叶子之间，一闪一闪。亨利·梭罗在《野果》里说："树莓六月末开始变红，由青白到淡红，令人惊喜之余随之感叹这一年时光过半。"可不是，最是人间留不住，朱颜辞镜花辞树，庆幸尚有童年许多可爱的记忆相伴，连鲁迅在《从百草园到三味书屋》里都记载："如果不怕刺，还可以摘到覆盆子，像小珊瑚珠攒成的小球，又酸又甜，色味都比桑葚要好得远。”其实，吃桑葚的样子也可爱，桑树何时开花竟不知晓，等你发现，小果实已像攀在枝上的淘气小孩儿，鲜红的小脸庞几日就晒得紫黑，吃起来唇齿墨红，味道油润酸甜。听说还有白桑葚，未见过。晋代文学家傅玄《桑葚赋》倒提过：“繁实离离，含甘吐液，翠朱三变，或玄或白，佳味殊滋，食之无斁。”

树莓、红桑葚变紫时，杏子满枝，像结了一树淡黄的小月亮。坐在树下，一会儿落下一个，捡起来，一掰两半，酸软甜面。妈妈高兴了，拌上甜甜的阳光，做很多很多果酱，装满大大小小的瓶子，分给遇见的每一个人。这时候，我总想起乡下老屋后姥爷和姥姥种的那棵杏树，伴着儿时韶光，与我一起生长。每年五月时开花，灿烂如云，一大团一大团的香；七月时结果，一树杏子黄，向阳的一面果实晒得红通通的，像小女孩脸上的胭脂。吃了杏，杏核洗净晒干后，姥姥用锤子把它们砸开，剥出白净的杏仁洗头发，我会挑匀溜、饱满的攒起来跟人家玩弹杏核。弹杏核是女孩们最爱玩的游戏，从盛夏一直玩到冬至，一布袋的杏核磨得光溜溜、亮晶晶的。

暑气渐起，文震亨在《长物志》中说：“庭际沃以饭沈，雨渍苔生，绿褥可爱。”早餐时，我也学着熬一些米汤，五六十颗米，两碗水，照得见人影的浓稠度，放凉之后，撇几匙出来，去滋养窗台之上、虎皮榕树下的几点青苔。余下两三碗佐咸鸭蛋、洋姜丝、玉米面花卷一起，也吃得凉快。如此矫情，皆因每晚八点，中央九套播放的《园林》。《园林》里说，长城之内是花园，花园之内，林林总总的自我总是如同花开花落一般风轻云淡。那么长城之外呢？岁时风物便是建造在人们心目中的园林，是情不知所起的一篮夏果，一盆茉莉，一畦菜地，一溪云天。

树　莓

蔷薇科悬钩子属落叶半灌木，茎有刺，掌状单叶，花腋生，白色；浆果圆形，红、黄、黑色，颜色鲜艳，有光泽，酸甜味浓。野生，东北亦有少量栽培，种类众多，以红树莓最为常见，除鲜食外，亦可制作烘焙蛋糕、果味酸奶、果酒等。

桑　葚

桑科落叶乔木的果实。桑树叶卵圆形，边缘有锯齿，花淡黄绿色，果实为紫黑色的小浆果，但也有白色的品种。名为桑葚，口语时更愿意叫作“桑葚儿”。桑葚可鲜食可酿酒，或制酱，做成蜜饯或果干，味道甜酸。

黄　瓜

又名胡瓜，相传因西汉时西域传入中原地区而得名。葫芦科一年生草本，茎蔓生，卷须，叶五角状，瓠果圆棒状，果上有刺。嫩果细长、墨绿色俗称“水黄瓜”；短粗、黄白色俗称“旱黄瓜”。可做鲜蔬拌食，炒食，或加盐腌成酱菜；成熟后瓠果明黄或橙黄色，可刨成片凉拌或做汤。

杏味冰果

材料

杏，冰糖、奶粉适量

做法

①杏洗净沥干水分，对半切去核，奶粉冲泡晾凉；

②果肉、冰糖和奶粉一起入料理机，混合、打泥、榨汁；

③搅打好的果泥倒入冰棍模具，放冰箱冷冻4小时以上；

④冰制成形，随吃随取。

◎杏子味酸，建议多加冰糖，依个人口味增减。

◎可以把奶粉换成原味酸奶，喜欢果肉的纯味可不加奶制品。

豆　角

菜豆的俗称，原产于美洲，中国于16世纪开始引种栽培，豆科菜豆属一年生草本，蔓生或矮生，叶为具有三片小叶的复叶，花白、黄、淡红色，或浅紫色，结长圆荚果者称之为芸豆，以高产的架豆王、一挂鞭最常见。结粒大短扁荚果者为油豆角，无筋、肉多、籽大。柴火铁锅，豆角、排骨、土豆一锅出最好吃。油豆角品种也不少：家雀蛋儿、五月鲜、火烧云，难怪有东北人打趣：将就活吧，我豆角还没吃全呢。和其他豆科植物的嫩荚一样，豆角要充分煮熟，否则易引起食物中毒。在东北，豆角是夏秋时的主打蔬菜，深秋时可晒制成干菜，成熟的种子耐贮藏，冬时搭配稻米、面食、炖汤皆宜。

豆角土豆烧排骨

材料

油豆角、土豆、肋排，豆油、农家酱、老抽、花椒粉、大料、葱、姜、蒜、白砂糖、料酒、盐适量

材料

①豆角掐头去尾，土豆去皮切滚刀块，肋排切小段焯水控干，葱切段、姜切片、蒜切末；

②铁锅倒入豆油，加白砂糖小火炒化，倒入排骨翻炒上色；

③加老抽、料酒，撒葱姜、花椒粉，舀入农家酱炒出香味；

④倒入豆角翻炒几下，土豆块撒在豆角上，添凉开水完全没过食材即可；

⑤扔进一两枚大料瓣，加盖大火烧开后，转小火慢炖20分钟左右；

⑥揭盖大火收汁，关火撒盐、蒜末翻炒出锅。

◎因加了老抽、农家酱，盐量酌减，或不加。

七月

小暑

公历 7 月 7 日 ~ 7 月 22 日

☼ 晴　西南风 3~4 级　气温 17~31℃

小暑，六月节。

《说文》曰：暑，热也。

小暑即今则热气犹小也。

小暑一过，进入初伏天，气温越来越高，

很多地区平均气温已接近30℃，时有热浪袭人之感。

火伞高撑，暑热蒸足，

绿树浓荫，夏花灿烂，

在树荫下吃瓜、

在湖中泛舟、在河边垂钓都是很好的消夏方式。

小暑是二十四节气中的第十一个节气。

花信

——

国槐、卷丹、射干、

虎尾兰、向日葵、茉莉、

剑兰、荷花、桔梗

细柳风拂小槐雨　葛衣纱帽泛舟去

夏云嵯峨

盛夏的天空，大团的层积云，如奇峰骤起，嵯峨变幻间，带来一场急雨。

雨霁虹霓

骤雨初歇，暑气暂消，七色彩虹系天腰，如蜺饮水入溪，似长空筑起万丈桥。

菡萏吐芳

古人称未开的荷花为菡萏。小暑时节，荷花吐蕊暗香，沉李浮瓜冰凉；避暑无人造访，手抛书卷午梦长。

◎国槐

夏日流年，苏冷苦甜

牵着手，肩并肩，叶影洒落，
细碎光点如流星追着光阴，
多少过去共有的流年，多少未来共有的瞬间。

夏花绚烂，绿树浓荫。水盆里泡着刚摘下来的细黄瓜、洋柿子、新李子，和家人一起在葡萄架下吃冰镇的瓜果。与友人相约湖中摇桨采莲，或只独坐河边垂钓，细柳风拂，学一回古人逍遥度夏，散发泛舟上，开轩卧闲敞。水殿风自来，心静自然凉。

雨天或夜幕时分，金盏花会微微拢起绽放的花冠，红枝翠叶的扶桑开花了，尽是一低头的矜持与温柔。草丛间车前子结了一串串青褐色的种穗，细雨中斜出栏杆的粉红色夹竹桃和院外的一抹绿荫，都是偏安一隅的仲夏。入伏，期盼一场雨，头伏有雨、伏伏有雨，这个夏天就不会那么酷暑难避了。园子里花事渐消，屋檐下的盆栽花卉却纷纷迎来花事：白色的一帆风顺（白掌），红色的天竺葵，淡香的蜘蛛兰，浓郁的虎尾兰；连久无生机的龟背竹也伸展开一扇嫩绿的新叶。茉莉无上味，人间第一香，入夜花开，芬芳可爱。凋谢的茉莉花化成淡淡的粉紫色，豆蔻年华渐逝，惹人伤感。仙桃枝头挂，有的楸然萎靡，有的静静膨大。向日葵长得比我高了半头，四下披拂的大叶子，采一叶拎在手里，仲夏夜晚一边聊天乘凉一边用其驱散蚊虫，正好。

夏云嵯峨，自地平线升起涌向天空，车开在路上，常常会被远处高楼丛林间挤出来的一大团一大团厚实的白云朵惊到。大雨时行虹霁现，在楼宇间划出一道浅浅的七色光晕。蚂蚁菜花在木栅栏下的光影里开成一匹彩锦，枸杞子树四下垂缨，小小的红宝石一样自带天生的光泽，随手摘几粒丢进金银花茶里，喝得心满意足。水粉色的菖蒲，落日黄的萱草，紫苏和苋菜一节一节蹿得老高，叶子层层叠叠，像花朵一样好看。鲜嫩的紫苏叶裹上新烤的五花肉和干豆腐，蘸点甜辣酱，平淡食材瞬间化作绝配美味；苋菜叶焯过水后，切细碎撒点芝麻盐、辣椒油一拌，爽口又解夏。

其实，在公园高高低低、绿绿酽酽的浓荫下漫步也是很好的消暑之法。大叶朴树下，抬头仰望，翠绿如剪纸的大叶子层层叠叠，偶尔跳脱出来的长柄小果子，是天真俏皮的童话场景；风箱果结了一枝一枝，苘葵果实正从浅绿变成豆红，样子像极了小时候玩的东南西北折纸；红瑞木一串串的奶白色小果子，正中的小黑点儿格外醒目；早过了花季的红刺玫，枯萎的萼片后面垂下一个个光溜溜的小红果；刚过了花期的栾树，好像一夜之间就把黄绿色的小纱灯笼挂满枝头。国槐花开如米，一个人走很远的路去看，花穗青白，鹅黄色花心要凑近了狠劲儿地闻，才能闻到特别清淡的香。依稀忆起二十年前的那个盛夏，两个相识未深的人走过铺满长街的细雨槐花，去吃路边摊的冰啤酒、白切鸡；听他讲在夏雨的清晨，把斟酌了一夜的情书投进心爱女孩的阳台，听我说在夜风轻拂的夜晚和最要好的伙伴躺在蚊帐里望着繁星满天憧憬未来。牵着手，肩并肩，叶影洒落，细碎光点如流星追着光阴，多少过去共有的流年，多少未来共有的瞬间。

小暑

尝新

茄子

俗称“落苏”。茄科一年生草本植物，叶卵圆形，呈暗绿色或紫绿色，萼片有刺，花淡紫色或白色，浆果圆形或长条形，紫、绿、白色，原产东南亚，嫩果可食，是夏季主要蔬菜之一。茄子的吃法多样，东北人最常做的是烧茄子和炸茄盒，酥嫩香鲜、油香四溢。盛夏时分，则更喜欢蒸熟晾凉，做土豆拌茄子和蒜泥茄子。此外，秋后可切片晒成茄干，供冬馔。

豇豆

又名长豆角、带豆等。豆科豇豆属一年生草本植物，蔓生，花黄白色或紫色，果荚细长，青灰色或紫色，种子肾形，紫红色或黄白色，豇豆嫩荚可食。《随自居饮食谱》载：“嫩时采荚为蔬，可荤可素；老则收子，宜馅宜糕。”鲜豇豆切段焯水后，佐蒜泥、芥末、芝麻酱等调味，是清凉爽口的夏令小菜。

苦　瓜

葫芦科一年生攀缘性草本植物，叶绿色，掌状深裂，叶背浅绿，雌雄异花同株，黄色。果纺锤形，表面有瘤状突起，嫩果青绿色，成熟时黄赤色，因果肉有苦味而得名，原产东南亚。苦瓜以果肉入馔，炒、蒸、酿、做汤皆宜，用盐稍腌或焯水可减苦味。

蜂蜜苦瓜

材料

苦瓜，蜂蜜适量

做法

①苦瓜剖成两半，去净瓤，用刮刀刮成薄片；

②装盘后入冰箱冷藏1~2小时；

③吃前取出，蜂蜜入小碟，边吃边蘸。

◎赶时间的话，可以在盘子里先铺一层碎冰，将苦瓜片码在其上。

◎冰镇后的苦瓜苦味全无，清凉解暑。

番　茄

又名西红柿，东北人称之为“洋柿子”。茄科一年生草本，全株覆软毛，叶为羽状深裂，总状或聚伞状花序，花黄色，浆果圆形，红、黄、粉红色，酸甜多汁。原产南美，明代从欧洲及东南亚引入栽培，当时仅为观赏植物，至20世纪初才开始食用。番茄以鲜食为主，适用拌、炒、腌等多种烹调方法，比如简单又家常的番茄炒鸡蛋，也可做果汁或制酱。

黑加仑

学名黑茶藨子、黑穗醋栗。虎耳草科、茶藨子属落叶直立灌木，花期5~6月，果期7~8月。果实近圆形，熟时黑色，可生吃，也可加工成果汁、果酱、果冻、果酒。

紫　苏

又称苏子叶，唇形科一年生草本植物。叶对生，卵圆形，两面或背面带紫色，有白霜。夏季开花，淡红色或淡紫色，有特别的芳香，其叶、梗、籽均可入药，嫩叶可生食，做汤，茎叶可腌渍。紫苏原产于我国，明代李时珍曾记载："紫苏嫩时有叶，和蔬茹之，或盐及梅卤作菹食甚香，夏月作熟汤饮之。"紫苏叶洗净，加几片鲜姜入水同煮，水沸入冰糖，晾凉后即可饮用，正是"未妨无暑药，熟水紫苏香"。延吉地区的朝鲜族人家喜欢将苏子叶蒸熟后一片片刷上辣酱、蒜末、酱油、糖、盐、芝麻入罐密封冷藏，随吃随取。另外，紫苏香气浓郁，与肉食、海鲜最搭，解腻去腥，配盘也好看。当然，最能代表东北风味的还是满族小吃——苏子叶饽饽。"饽饽"一词源于满族人祭祀时用黏米制成的供品，后来变成满族人对多种黏食的统称。仲夏时，苏叶田田，鲜嫩饱满，将糯米浸泡后磨面，按成圆饼，内包红小豆馅，裹上新掐下来的鲜苏子叶，蒸熟。去叶（或带叶）吃起来软糯甜香，趁热，晾凉，各有风味。

苏子叶饽饽

材料

鲜苏子叶、糯米粉、红小豆，红糖、葵花籽油适量

做法

①红小豆浸泡3小时以上，起锅添水、大火烧开，入红小豆、红糖；

②转小火慢煮收汁，一边拍、捣、压成豆沙馅，盛出备用；

③苏子叶洗净，沥干水分；

④糯米粉入温水揉成面团，饧片刻后，分成小剂子；

⑤苏子叶一片一片刷上薄薄一层葵花籽油，小剂子用手捏成片，放入豆沙馅，收口捏好，外裹苏子叶，逐个码放在铺好苏子叶的蒸帘上；

⑥蒸锅内水开后，入蒸帘，中火5分钟左右即成。

◎采摘苏子叶时，尽量选择大小相近的叶片。

◎蒸制时间请根据苏子叶饽饽大小做适当增减。

冷 面

此面原为朝鲜族在正月初四午间及婚娶、寿诞的喜庆日子所食，现已随时可吃，盛夏尤其是不可多得的消暑美食。冷面属于机压面条，以荞麦粉或玉米粉为主，加入少量的小麦粉和面碱，沸水烫面，揉合成团。大铁锅中加水烧开，把面团放入架在锅上的压面机里，压出面条，直接入锅煮熟捞出，立马过冰水；把清凉、爽滑、筋道的冷面剪短，挑入玻璃大碗，码上配菜，在延边地区则形象地称其为冷面帽。配菜一般是几片酱牛肉、一筷头朝鲜泡菜、鸡蛋丝、朝鲜辣酱、辣椒面、芝麻盐、松子、香梨或苹果梨片，最后浇入冷面汤汁。

汤汁多是牛肉加少量鸡肉炖煮后，撇去浮油、滤掉杂质的清汤冰好备用；吃的时候，把冰好的汤加上红糖、米醋、梨汁等调匀后浇在面条上即可。一碗现做的冷面下肚，柔韧耐嚼，爽鲜清凉，酸、甜、辛、辣、香五味俱全，最后再把冷面汤一饮而尽，绝对可以拯救一切于旷日酷暑中备受折磨的灵魂！

家常冷面

材料

玉米或荞麦冷面、鸡蛋、酱牛腱子、牛肉汤，辣白菜、黄瓜、香菜、西瓜、米醋、红糖、白芝麻、干辣椒面、盐、生抽、鸡精、雪梨汁适量

做法

①冷面入凉水浸泡1~2小时，酱牛腱子切片，冷却后的酱牛肉汤过纱布滤掉浮油和杂质后冷藏；

②鸡蛋入平底锅摊成蛋皮，切丝，黄瓜切丝，香菜切段，西瓜切薄片；

③适量盐、鸡精、白芝麻、干辣椒面混合成干料，冷藏好的牛肉汤加雪梨汁、红糖、生抽、米醋、少量冰水制成冷面汤；

④锅内添宽水烧开，放入泡好的面条，煮1分钟左右；

⑤捞出面条马上放入加冰凉白开里，反复搅洗冰凉后放入面碗；

⑥依次码上牛肉片、辣白菜、黄瓜丝、香菜段、鸡蛋丝，撒上干料，配两片西瓜，倒入冰凉的冷面汤，即食。

◎酱牛腱子也可以换成酱肘子、猪头肉或炸鸡肉丸子。

◎水果选了应季的西瓜片，可依喜好而变。

◎喜食辣味，可加一勺朝鲜辣酱。

◎嫌不够凉，再加入几个小冰块。

大暑

公历 7 月 23 日 ~ 8 月 7 日

阵雨转多云　西南风 3~4 级　气温 21~30℃

大暑，

“六月中，小大者，就极热之中，

分为大小，初后为小，望后为大也。”

一年中最热的时候到了，

水草幽绿，夏果飘香；

炎炎盛夏，清风无觅。

四下无人，唯有蜻蜓忽左忽右地飞。

大暑是二十四节气中的第十二个节气。

花信

荇菜、美人蕉、海州常山、

黄花菜、百日草、鸭跖草、

凤仙花、旱金莲

◎百日草

微云净扫听雨眠　无事看花小神仙

碧蝉花开

夏秋之间，常见鸭跖草的碧蓝小花，鸭跖草还有个高大上的名字叫作碧蝉花。它开花的时节很长，夏末至秋季，但每朵花的花期很短暂，清晨开花，午后便凋零。如今的沈阳夏末，蜻蜓很难见到，倒是经常可以见到路边一小片一小片的鸭跖草，开着蓝紫色的小花。

蜻蜓羽化

“蚂灵蚂灵飞，底下有人追；蚂灵蚂灵落，底下有好贺儿。”儿时曾常常念起这首东北童谣，“蚂灵”就是蜻蜓。越冬的蜻蜓虫卵在水中发育成水虿，水虿在水中要生活2~5年，并经过10~15次脱皮后沿水草爬出水面，天气炎热、雨量集中的大暑节气是其大量蜕皮羽化的时候。

大雨时行

大暑，是沈阳雷阵雨最多的季节，时常有大雷雨出现，暴雨令暑热减弱，天气开始向立秋过渡。

◎李树

瓜甜李下，一抹新凉

只愿在浩渺的大千世界，
守候一小片疆界，任凭他走得多远，
心底都能生长出面对困难与挫折的小小勇气来。

七月仲夏，到了沈阳一年中气温最高的时候。每天清晨四五点钟起来给倭瓜、南瓜、葫芦授粉、掐尖、打岔儿成了妈妈的必修课，那些藏在枝叶间的小瓜蛋，如何都逃不过她的眼睛。架上瓜叶披拂，藤枝蔓延，架下缀满大大小小、形态各异的正在慢慢膨大的生瓜蛋儿。白天酷热难耐，人们都躲进空调房，要不就呼呼地吹着电风扇。我静静坐在小菜园的倭瓜架下，轻摇蒲扇吃西瓜，任骄阳似火，心中一片诗意清凉。爸爸把菜园浇水的时间从早上换到了晚饭后，这时候把菜地浇透，蔬菜就可以在夜里美美喝个饱。

薄嫩的黄花菜打着长长的花苞，妈妈掐了一小把，开水烫过，与切得细细的猪里脊一起清炒，淋了一小勺黄酒烹味。花园里地瓜花开了，美人蕉花开了，步登高也开得摇曳生姿。菜园里的果蔬，摘也摘不完，黄瓜、豆角、茄子、苏子叶、倭瓜尖。焖豆角时，随手放几片苏子叶、一把倭瓜尖、苋菜头什么的都好吃。周末，妈妈总会把那些摘下来的各种瓜果蔬菜精心地放在柳条篮子里，候着我去她那里，让我带给家人。我把紫豇豆、弯芸豆切成丝和火腿丁、南瓜花放在一起清炒，一道清香扑鼻、入口嫩香的“四色小炒”出锅。孩子常常吃得意犹未尽，赞不绝口，我说这些蔬菜都是姥姥种的，孩子瞪圆眼睛愣了一下，然后振臂高呼：姥姥真伟大！我给妈妈讲这件事的时候，妈妈眼角含着笑，抿着嘴露出一丝得意，也像极了一个孩子。

一场暴雨说来就来，中天碧蓝，云积雪砌，西天落日熔金，乌泥磅礴，成群结队的蜻蜓在窗外水云间飞行集会，这是久违的美丽瞬间。妈妈说以前这时候走在田埂上可以看到各种蜻蜓仿佛仪仗队检阅似的，从稻田的禾叶芒穗之间扑棱棱地飞起，十分壮观。如今当然难得一见，只是偶尔在小菜园的豆角架上看到一两只红尾巴蜻蜓落在那儿小憩。

孩子出国游学十四天，我和爱人第一次成了空巢爸妈。这十四天，树根旁生出一丛丛小草菇；这十四天，楼下草丛里不知名的昆虫开始鸣叫；这十四天，小路边的一片鸭跖草开出星星点点的碧蓝色小花。想起临行前和孩子一起看电影 *Begin Again*，他一下子就喜欢上了片中那首主题歌 *Lost Stars*。“这是个狩猎的季节 / 羔羊四处奔逃 / 在找寻着存在的意义 / 是不是我们都是迷路的星星 / 依旧试着把黑暗照亮 / 我们是谁 / 只是银河中的一粒灰尘 / 若不小心输给现实 / 于我是不是太过悲哀 / 你不怕我们最好的回忆带给你悲伤 / 昨天我见到一头狮子亲吻一只小鹿 / 或许另起一页 / 我们会找到一个崭新的结局 / 在那里我们将会含泪婆娑。”伴着 Adam Levine 的歌声，那个看《猫和老鼠》就乐得前仰后合，拼个乐高机器人就大声欢呼的天真小人，一转眼就变成了眼前这个有点忧郁的沉默少年。那些陌生人带来的伤害、那些友情的误解、那些初恋的苦涩与无奈，都需要他自己去慢慢领受。我再没有办法与他一起分担，再没有办法替他抵挡，因为他是一支就要离弦的箭、一叶即将远航的船、一只展翅欲飞的鸟。是的，Begin Again，再次启程，一个人。

终有一天，孩子会成为这个叫“家”的旅馆里的一个房客，但我相信，爱是唯一能穿越所有维度的矢量。相差的十二个小时，昼白夜黑，在并行的宇宙，在不同的季节，在不同的时间，在不同的天气，我们都是父子、都是母子。也是永远的朋友，我们的友谊如天空，辽阔而自由，我们的关切淡然而恒久，只愿在浩渺的大千世界，守候一小片疆界，任凭他走得多远，心底都能生长出面对困难与挫折的小小勇气来。“孩子，忍受你必须忍受的，歌唱你必须歌唱的，努力让自己成为最好版本的自己吧！”

雨中落花，灯下虫鸣。行万里路，才能回到内心深处；读万卷书，才能看得见皓月繁星。夜深如许，两个人一起窝在凉席上听《晓松奇谈》。睡意缱绻中，一家三口欢聚，竟都是十几岁的样子，一起坐在课堂上读书，教室外有长长的走廊，走廊外大树参天，枝叶间投射下点点星光，晓风轻拂，一抹新凉。

◎海州常山

大暑

尝新

西　瓜

原产非洲，葫芦科一年生草本植物，茎蔓生，叶有深缺刻，浓绿色，花黄色，果实圆形或椭圆形，皮色绿、白或深浅花皮，瓤深红、淡红、黄色或白色，味甜多汁；种子棕黑色，炒制可做茶食，瓜皮可入药，称“西瓜翠衣”。选瓜听声，熟透了的瓜声像男低音，生瓜则像男高音或假声。消夏解暑、晚风纳凉、赏荷聚友，沁凉的西瓜就是人见人爱的罐装美酒，绝对“凉争冰雪甜争蜜，消得温暾倾诸茶”。

辣　椒

又称番椒，茄科辣椒属一年生草本植物，原产南美洲，明代传入中国，有青椒、尖椒、簇生椒、樱桃椒等多个品种。嫩椒可蘸酱生吃。青椒果肉厚、味鲜甜，酿上馅心，小火煎香。嗜辣者选尖椒，虎皮尖椒、尖椒土豆片，香辣咸鲜。应季果蔬，多是现摘现吃味道最好，辣椒尤是。成熟后的红辣椒晒干可自制辣椒酱、辣椒油、辣椒粉等调味品。

辣椒焖子

材料

鲜辣椒、鸡蛋，农家酱、大豆油、葱、虾皮、花椒粉适量

做法

①辣椒洗净切末，葱切末，虾皮洗净；

②选广口浅盆，入鸡蛋打散，加葱末、农家酱、花椒粉用筷子充分搅拌；

③加入辣椒末、虾皮、大豆油搅拌均匀；

④蒸锅内加水，把小盆放在盖帘上盖上锅盖；

⑤大火烧开，转中火蒸10分钟左右，关火焖1分钟，出锅。

◎辣椒以青椒为主，配一个半个尖椒，酱香微辣最下饭。

◎盆上覆一层保鲜膜，用牙签扎几个小孔，防止水气影响口感。

◎可以一起蒸几个茄子、土豆一锅出。

◎没有农家酱，可用豆瓣酱加点凉白开稀释代替。

新　李

李树的果实，俗名李子。蔷薇科落叶乔木，叶长形，有细齿，花白色，果实圆形，饱满圆润，果皮青绿、黄红或紫红，果肉暗黄，味道酸甜，多生食及制果脯、蜜饯。老话讲：瓜田不纳履，李下不正冠。意思是说经过瓜田，不可弯腰提鞋；经过李树下，不要举起手来整理帽子，免得让人家怀疑你偷摘那些好看又好吃的大西瓜和红李子，想想都觉得生动有趣得很。

倭瓜花

又叫南瓜花。倭瓜，南瓜的东北叫法，6~7月倭瓜开花，花明黄色，花托绿色，五角钟形。鲜食的倭瓜花以半开的谎花（雄花）最多，稀果后的雌花也行，摘下来放置时间不宜超过半天，这样才能保证其鲜嫩清香的口感。以花卉入馔向来不拘一格，可以简单炒个倭瓜花鸡蛋酱或和稀面油炸，亦可加香菇丝、枸杞子点汤，是仲夏特别的清和滋味。

炸倭瓜花盒

材料

倭瓜花、猪肉末、鸡蛋，水淀粉、葱、姜、盐、生抽、芝麻油、花椒粉、面粉、油适量

做法

①倭瓜花剪蒂去芯，清洗干净沥干水分备用；

②猪肉末拌入葱姜末、盐、生抽、芝麻油、花椒粉，再加少量水淀粉用筷子沿一个方向搅上劲儿；

③往花里塞馅料，如果摘花心时花瓣开了，放好肉馅，卷紧后把开口处朝下码在盘子里；

④面粉加鸡蛋加白开水，调成稀面糊；

⑤包好的倭瓜花盒裹上一层稀面糊后入热油锅炸熟，捞出控油装盘即可。

◎嫌油炸热量太高，可将包好的倭瓜花入屉清蒸15~20分钟后，出锅浇汁成倭瓜花酿也不错。

黄花菜

又称金针菜、柠檬萱草、忘忧草。百合科多年生宿根草本植物，叶基生细长成丛，花葶长短不一，顶生3~6朵柠檬黄色花，花蕾过水焯熟后可炒食或煲汤。旧时东北人家菜园子里总会种上几棵黄花菜，夏末赏花，初秋采收，晒成干菜，冬天用水泡发，炖点五花肉、涮羊肉火锅、浇个打卤面，香气大增，非鲜食可比。

八月

立秋

公历 8 月 8 日 ~ 8 月 22 日

多云转雷阵雨　西南风　微风　气温 21~29℃

立秋，七月节，

“立，始建也。秋意始而建立也。”

立秋后，昼夜温差加大，

伴着果蔬的成熟，沈阳开始进入了盛大的晒秋季节。

人们利用房前屋后及自家窗台晾晒或挂晒农作物，

黄瓜片、葫芦条、干豆角……

每一种到了寒冬都是餐桌上的美味佳肴。

立秋是二十四节气中的第十三个节气。

花信

红蓼、龙葵、稻花、牵牛花、

万寿菊、木绣球、旋复花、

马缨丹、羽叶茑萝

◎牵牛花

绿蔓如藤不用栽　淡青花绕竹篱开

草虫鸣

韩愈说："以鸟鸣春，以雷鸣夏，以虫鸣秋，以风鸣冬。"正午时分可以听到园中最高的那棵老榆树上，一只蝉在卖力地歌唱。黄昏时分，墙角边、草丛里、灌木中传来几只蟋蟀、螽斯曲曲、唧唧的鸣叫，此起彼伏，高低错落，像是大地在柔声低吟。

稻花香

在乡下，五月下旬耕种的秧苗如今抽出花穗，顷顷绿芒，在风中摇摆，等着九月稻穗田间看云，十月米粒盈斗尝新。

凉风至

立秋后的末伏，白天炎热难耐，然入夜时分，西风乍转，一抹新凉，此时的风已不同于暑天中的热风，有了一丝清凉之气。

○蓼

玉米新穗，牵牛花开

从夏末到初秋，
日子就像阳光下静静流淌的河溪，
每一天都闪着波光，粼粼悦目。

从夏末到初秋，日子就像阳光下静静流淌的河溪，每一天都闪着波光，粼粼悦目。秋阳明亮，湛蓝天空堆满闪着珍珠光泽的云朵，凉爽北风拂过林梢，吹得树叶沙沙响。正午时分可以听到园中最高的那棵老榆树上，一只蝉在卖力地歌唱。黄昏，窗外玫瑰色的胭粉豆花开了，一块儿开的还有各色指甲花，摘下草帽采上数朵，放在石头钵里，加点盐捣烂，敷在指甲上用苏子叶裹一个晚上。成功了是一层淡淡的浅粉，失败的话就仿佛是涂了碘伏的暗黄。

清晨，小小菜园里，妈妈今年新种的几棵秋葵开花了，花朵开时大得惊人，明瓣深蕊，不出几日就结了羊角一样青绿的六棱果荚。以前不识秋葵，千禧年之后方在大型超市里出现，价格贵得惊人。不过十几年，家门口的早市到了这个时候，就有一小堆一小堆的秋葵卖，五块钱一斤。秋葵的原产地一说非洲，一说中国，其实指的是同科同属的两种植物：黄秋葵和黄蜀葵。黄秋葵叶片如掌，嫩果实如尖塔，可做时蔬。而原产于中国的黄蜀葵多作药用，《本草纲目》中对其形态特征进行了详细描述："黄葵二月下种，宿子在土自生，至夏始长，叶大如蓖麻叶，深绿色，叶有五尖如人爪形，旁有小尖，六月开花，大如碗，鹅黄色，紫心六瓣而侧，午开暮落，随后结角，大如拇指，长二寸许，本大末尖，六棱有毛，老则黑，内有六房，其子累累在房内，色黑，其茎长者六七尺。”

一场暴雨过后，小园子的白芽玉米长成了，不过三寸长，顶着细流苏一样的玉米须，掰下来烀了几穗，和妈妈一边聊天一边品尝，淡淡的甜香恰好。泡一杯茉莉花茶，配淡绿的苏叶做茶托，偶尔一只蝴蝶蹁跹而过，一只蜻蜓落在栅栏上翘着红尾巴。我从树上摘下一只绿毛桃，玉白的果肉浸着红心儿，滋味从酸到甜，口感从脆生到沙软。龙葵的小果实更随性，有的清甜多汁，有的酸而无味。小树林里到处是人们丢弃的山桃果，挖了桃核穿念珠、手串，一地果肉成了蚂蚁们的乐园。立秋日正巧路过中山路，打算顺路去老杨家买点熟食，谁想远远望去就人头攒动，走过去才发现百余人一路排到了顺风门前。立秋抢秋膘，熟食没抢到，回到家邻居送来四分之一的嫩葫芦，爸妈包了一锅葫芦羊肉蒸饺，我顶着大闷天儿煲了一锅玉米山药排骨汤。

乡间一日。香水李子很好吃，但虫子们也知道好吃。葫芦、葡萄爬满架，随手摘一串莹紫色果实入口，是尖锐的酸甜滋味。在架子下面择菜聊天闲卧躺，秋风吹过青纱帐。我和爸爸一起踩着凳子剪了满满一筐紫色的山葡萄，准备酿一坛葡萄酒。扁担勾在倭瓜叶上小憩，杨喇子扭动着淡黄色短胖的腰肢在榆树下“荡秋千”，白粉蝶流连在韭花间，一只偶然飞过的黄凤蝶牵走了我的视线。妈妈揪了一篮子韭花、一把韭薹。韭苔切段儿，炒鸡蛋、炒瘦肉丝都好，鲜香下饭。韭菜花洗净切细末，加盐、加黄瓜碎腌制成韭菜花酱，放在小罐里，放入冰箱中冷藏，三五天就可以吃。拌过水面、吃涮羊肉时，盛出放在小碟里，滴点麻油，香味扑鼻，食欲大振。

临近处暑，羽叶茑萝开花，叶子迷人，花也开得热闹。牵牛花每日在晨光中舒展开小火炬一样的花蕾，柔软如纱的花瓣到不了正午，就变成一把把合上的小纸伞。这样的植物只要播下种子，年年都自顾自地从草窠里生长出来，舒展茎叶，攀缘结蔓，候着自然的召唤；有时随着风，有时淋着雨，绽开花瓣，像刚睡醒的婴儿，不念过往，不惧未来。

立秋

尝新

葡　萄

古称蒲陶、蒲桃，葡萄科落叶木质藤本植物，掌状叶，3~4缺裂，浆果多为圆形或椭圆形，色泽随品种而异，或青或紫或紫红。花期4~5月，果期8~9月。葡萄是世界上古老的果树树种之一，原产亚洲西部，果实是世界闻名的水果，供生食，或晒成葡萄干，也可制果汁、酿酒。秋天自酿葡萄酒，古而有之。沈阳这几年兴起自酿葡萄酒的风气，一起下乡采摘、交流酿制良方，俨然成为秋时家人欢聚、朋友相约的乐事一件。

韭　花

韭菜的花，古名韭菁。韭菜原产中国，多年生宿根草本植物，叶细长而扁平，翠绿色，夏秋间开伞状小白花，采摘后磨碎，腌制成韭菜花酱，佐食肉类，辛香可口。韭花还跟书法有着不解之缘，那就是闻名天下的五大行书之一杨凝式的《韭花帖》。帖文中有“当一叶报秋之初，乃韭花逞味之始，助其肥羜，实谓珍馐”之句，意思是说，初秋乃韭花展味之时，用它来佐食肥嫩的羔羊肉，实在称得上是美味佳肴。看来羊肉与韭花古来即是最相宜的搭配。

韭菜花酱

材料

韭菜花、黄瓜，盐、香油适量

做法

①半开的韭菜花洗净控水，黄瓜切小块；

②将韭菜花、黄瓜块放入料理机的杯子里，撒少许盐；

③开动机器，点式搅打成稠酱状；

④将分次搅打好的韭菜花酱拌匀，装入干净玻璃罐中；

⑤灌入薄薄一层香油后密封好，入冰箱，随吃随取。

◎材料中的黄瓜也可以换成苹果或梨。

◎半开的花骨朵表面有一层膜片，最好摘掉，否则会影响口感。

◎做好的韭菜花酱，一周后即可食。

韭　苔

又称韭白，是百合科植物。韭菜秋时长出的细长花茎，颜色碧绿，嫩时可作蔬菜吃，宜与鸡蛋、豆干、肉丝、小河虾一起炒食，无须其他调料，只加盐调味，味道自是鲜香无敌。

秋　葵

又名咖啡黄葵、毛茄、黄秋葵，锦葵科秋葵属一年生草本植物。原产非洲，根系发达，叶掌状5裂，互生，叶身有茸毛或刚毛，叶柄细长，中空；花大而黄，生于叶腋。花瓣由白到黄，花瓣根部有红色或紫色斑点；花期仅有数小时，午后即萎谢，花谢后3～4天即可采收嫩果荚。果荚有绿色和红色两种，可焯水后凉拌、做沙拉，亦可裹面糊油炸，横切成五角星形炒鸡蛋，对半切与小面条鱼干一起油煎，撒点芝麻盐就很好吃。纤维质的外皮配上弹脆的嫩籽颗粒，口感独特。

苞　米

玉米的东北俗名，古称番麦、玉蜀黍，原产中南美洲，禾本科一年生草本，根系强大，有支柱根，花单生，雌雄同株，雄花为圆锥花序，顶生，雌花肉穗花序，着生叶腋间，外有数层玉米皮包裹，所生颖果光亮如玉，颜色或白、或黄、或紫、或红。鲜玉米棒下来的时候，早市、小巷子里总有人当街现烀现卖，味道香甜，亦可与其他食材搭配，制作各式佳肴。

山药玉米排骨汤

材料

鲜玉米棒、猪小排、山药，枸杞、姜、料酒、盐适量

做法

①小排骨洗净，冷水加少量料酒，入小排骨烧开焯水捞出；

②炖锅添足量水，入小排、姜片，烧开后转小火慢煨30分钟；

③玉米棒切段，入锅继续炖20分钟；

④山药去皮洗净切段，入锅继续炖10分钟；

⑤撒点盐、枸杞，关火出锅。

◎山药汁会引起手痒，去皮时要戴手套。

◎喜欢可以加鲜海带结，但注意不要加盐了。

莲　子

又称莲蓬子，荷的成熟种子，供食用，也可入药，莲子中央绿色的莲子芯，可清心泻火。荷花原产中国，《诗经》早已载录："彼泽之陂，有蒲与荷。"清人李渔道："芙蕖之可人之口者，则莲实与藕，皆并列盘餐，而互芬齿颊者也。"这时节去早市转转，买几枝莲蓬，剥新鲜莲子生吃，清甜鲜嫩如水果，或熬一碗莲子银耳汤；煮白米粥扔几个进去，有莲花的清甜气味。高兴的话，还可以剥出莲子内嫩绿如小观音手的莲芯来泡茶。

鲜莲子炒虾仁

材料

鲜莲子、青豆、鲜虾，油、姜、淀粉、料油、盐、白糖适量

做法

①鲜莲子剥去青皮，青豆解冻洗净沥干水分；

②鲜虾剥壳去肠线，洗净后控干水分，加淀粉、料酒、盐拌匀备用；

③炒锅烧热后，加油，下姜末煸香，下虾仁煸炒；

④虾仁变色后下鲜莲子、青豆一起煸炒，调入盐和少许白糖炒匀，淋水淀粉勾芡即可。

处暑

公历 8 月 23 日 ~ 9 月 7 日

多云　微风　气温 17~28℃

处暑，七月中。

处，止也，暑气至此而止矣。

处暑时节的沈阳，白天还艳阳高照，燥热难当，

到了晚上却北风渐急，凉风习习，

睡前收起竹凉席，关上了朝北的窗。

花园里翠菊开满，

有深紫色和粉红色，

初秋的花朵都像瓦蓝的天空、

灿烂的秋阳一般浓郁。

处暑是二十四节气中的第十四个节气。

花信

——

大丽花、翠菊、硫华菊、

松果菊、鸡冠花、

苘麻、美人蕉

◎莲蓬

雨后风凉暑气收　池莲结籽报初秋

瓜果登盘

小小菜园里的蔬果趁着好天气铆足劲儿地开花、结角、坐果、长大，多得吃不过来。从园子里直接摘下来的蔬菜，总带着还在生长的精气神儿，吃起来想不心存感激都难。

叶虫蚀秋

虫子很多，各种各样的，看见和看不见的，许多植物的叶子被啃得只剩下叶脉，成了大自然的镂空艺术品。

鸡冠花红

“一枝浓艳对秋光，露滴风摇染罗裳。”鸡冠花，一年草本植物，可以从初秋开到霜降，颜色火红，花团锦簇。无论城乡，只要家门口有点地方，老人家都喜欢种上一两棵鸡冠花。

不觉初秋夜长

镜头里，
父母微笑的脸庞是初秋绽放的最美的花，
人世悠悠有期，此刻的幸福却历历分明。

到了处暑时节，就连天上的云彩也显得疏散自如，不像盛夏时浓云滚滚。成片的翠菊向着秋阳绽放，靠着鲜艳颜色招蜂引蝶，等到花儿枯萎，却飘浮出一缕清幽的苦香来。

清晨四点的虫鸣特别高亢激越，汇成令人心潮涌动的年度交响。晨曦烂漫，鸟儿成群出来大快朵颐，鸟儿很忙，因为虫子很多，各种各样的，看见和看不见的，许多植物的叶子被啃得只剩下叶脉，成了大自然的镂空艺术品，一只色彩艳丽的横纹蜘蛛正蹲在网中央准备享用它美味的午餐。“静看檐蛛结网低，无端妨碍小虫飞。蜻蜓倒挂蜂儿窘，催唤山童为解围。”其实这样的事我小时候也干过，不过被解救的蜻蜓没有放飞，而是喂给了姥姥家养的大芦花鸡。正午时分天气犹暄，冬瓜花明亮的光芒吸引了行人的眼光和蜜蜂驻足。日落黄昏，柔和的晚风习习吹来，阵阵凉爽。

好天气让蔬菜瓜果多得吃不过来，花儿绽放，香气缤纷，菜园也有花园的感觉。我采了一把鲜花，清供于花园中的小桌子上，嫩黄日光菊、烟紫色水柳、茜粉色翠菊。妈妈踏着薄露在小菜园里转了一圈儿，捧一大盘蔬果出来，一把豆角两根黄瓜三个青椒，还有一串葡萄，两朵倭瓜花。我拎起照相机，怂恿爸妈相互依偎着坐在晨光里。镜头里，父母微笑的脸庞是初秋绽放的最美的花，人世悠悠有期，此刻的幸福却历历分明。

这时候正是去山里采蘑菇、打秋实的季节。“秋风榛子熟，撒雹散林鸦。”榛树的坚果要等到处暑之后日夕间有巨大的温差，才开始成熟，青绿色毛蓬蓬的果苞里裹着棕红色的硬壳。松鼠已经尝鲜，有时走在山林里，榛果像零星落下的雨点。打下来的榛子，放到太阳下晒，果苞片几天后变成棕色开裂，露出近球形的坚果。夹开外壳，直接吃里面的瓤，口感微甜清香，是名副其实的“水瓤榛子”。司马光写诗《席上赋得榛》赞道：“微物生山泽，萧条荆棘邻。何人掇秋实，此日待嘉宾。虽无木桃赠，投此寄情亲。”而能与友人、家人一起上山采蘑菇更是秋时一件乐事。细碎暖日光，斑驳青苔藓，老树断木青松怪柏，淙淙山泉声自草茂深处隐没，山花三三两两开得怡然自得。随手捡根树枝在树荫下、草丛里东寻西觅，乐此不疲地来回穿梭，往往一个小蘑菇就带来一阵惊喜的欢呼！平菇、黄蘑、松蘑、榛蘑、黏团子……运气好的话，半天就是小半筐。天色将尽，可以一起围坐在落叶松下烛光晚餐，直到夜幕四合山风暗涌。意犹未尽笑语声喧，夜空里星星也越来越多，越来越亮，能看见北斗七星，勺柄指向西南，还有银河两岸遥相守望的牛郎织女星。

今年，虽然没时间去上山采秋，但在早市上发现一位卖鲜红蘑的小哥，二十元一斤。红蘑肉质肥厚，香气浓郁，以前入冬前总会买几串干红蘑，吃时用水泡发，或炒或炖，风味极好。这回遇到鲜物，忙买了二斤，加粗盐清水搓洗，一枚一枚地冲干净，开水焯过，炒了一盘红蘑土豆片，口感嫩滑，鲜气扑鼻，自胜干货一筹。第二天忙又跑了一次早市，买了几斤回来，焯好放进冰箱，和小松鼠一样留到大雪纷飞时挖出来慢慢享用。和红松蘑冻在一处的还有芒种的豌豆粒、小暑的芸豆角、大暑的豇豆段、立秋的苞米棒。这时候大家都忙呀，买了鲜榛子边吃边晒，切了葫芦条来晾。摘了一篮红尖辣椒，跟妈妈坐在院子里，先用剪子呈十字形剪开，然后穿针引线一个一个串起来……不知不觉间，大半天就没了。秋虫呢喃，明月别枝，不觉初秋夜渐长。

毛 桃

蔷薇科落叶小乔木，叶阔披针状，具锯齿，花单生，先叶开放，淡红色、深红色或白色，一般春季开花，夏末秋初结果。核果近球形，表面有毛茸，果实水灵鲜甜，原产中国。果实除生食外，可制成桃脯、桃罐头等，果仁可入药。农谚有云：桃三杏四梨五年。一粒桃核落入土中，长出桃树，三年之后，这棵桃树就开始结果了。七八月的毛桃看似青色，摘下来扫去上面的一层绒毛，一掰就开，果肉离核，还透着淡淡红晕。一口咬下去，先酸后甜，还夹着一股特有的植物果香。桃果在民间有“仙桃、寿桃”之美誉，寓意健康长寿、幸福吉祥。

软枣子

亦称野生猕猴桃，是猕猴桃科猕猴桃属大型落叶藤本植物，浆果形状像枣，颜色翠绿，个头比普通猕猴桃要小得多，大小很均匀。初摘的野生小猕猴桃较硬，皮青味涩，放几日，捏上去软软的，清水洗净，生吃无核，绵软可口，酸甜清爽；亦可加工成果酱、果汁、果酒、果脯。有诗曰：“颜色青黄形似枣，浆果无核味道好。”

红　蘑

学名血红铆钉菇，在东北，人们更喜欢叫它红蘑、红松蘑。夏秋季在半阴坡的松树林中，与松树形成外生菌根，群生、散生或单生。目前红蘑仍无法进行人工栽培，采摘期仅45天左右。处暑前后采摘的红蘑纤维菌丝紧实，焯水后炒食、制酱，口感润滑，有荤味之肥美，下饭、拌面俱佳，是难得一尝的时令珍馐。晾晒制成干品的红蘑泡发后，入柴锅与笨鸡同炖，汤汁厚味，鲜香浓烈。

红蘑土豆片

材料

鲜红蘑、土豆、青椒、胡萝卜，葱、姜、蒜、盐、白糖、生抽、淀粉、胡椒粉、大豆油适量。

做法

①鲜红蘑洗净，焯水后攥干，土豆切片，入清水浸泡后沥干水分；

②胡萝卜和青椒切片，葱姜切末，蒜切片；

③锅中入宽油，烧热，下土豆片煎至两面金黄捞出；

④留少许底油，放葱姜末、胡椒粉炒出香味，入红蘑、胡萝卜片翻炒片刻；

⑤倒入炸好的土豆片、青椒片，烹生抽，加盐、白糖适量炒匀；

⑥最后放入蒜片提味，用水淀粉勾芡即可出锅。

◎清洗鲜红蘑时，可以撒入适量粗盐或干淀粉，更易去除泥土杂质。

◎红蘑个头较大，可改两三刀，更入味。

◎可用干红蘑代替，须先用温水泡发，炒制时间适当增加。

榛　子

产于我国北部、东北部，桦木科落叶小乔木，叶圆卵形，有尖头，边缘有不规则锯齿。早春开花，雌雄同株，雄花呈柔荑花序，雌花包于花芽内，小坚果近球形，外裹钟状总苞，是世界上四大干果之一，并有“坚果之王”的美誉。我国榛树果实采集和利用的历史悠久，周朝时是供祭食品，富含淀粉，古时也是重要的粮食来源。辽宁本地的开原榛子最受欢迎，据开原县志记载：“榛，誉为本地有名特产，以梅家寨产最为著名，前清做进呈贡品。”榛果仁炒熟后可单食或制作沙拉、酱汁、布丁、蛋糕甜点、冰激凌等，脂香浓郁，余味满满。

小西红柿

又称圣女果、樱桃番茄。茄科番茄属，一年生草本植物，果实既是蔬菜又是水果，鲜红碧透或明黄亮丽，可糖渍生吃、拌沙拉，清爽酸甜开胃，油浸烘烤、制酱佐面，口味浓郁、温甜多汁。

九月

白露

公历 9 月 8 日 ~ 9 月 22 日

晴转多云　微风　气温 16~29℃

白露，八月节。

秋属金，金色白，露凝而白也。

白露不露，长衣长裤。

早晚凉意渐浓，须穿长袖衣裤了。

同事送给妈妈一株曼陀罗，

八月末结了沉甸甸的大花苞，

这会儿开得不管不顾，香气撞脸，不敢久留。

白露是二十四节气中的第十五个节气。

花信

——

洋姜、曼陀罗、秋海棠、

荷兰菊、紫苏、芦苇、芒草

◎扁豆花

最爱庭前疏篱外　满架秋风扁豆花

芦花开

秋云漠漠，蒹葭苍苍。蒹葭即芦苇，芦苇花应季而发，于凉风露水中飒飒，是此时最美的风物。

秋露白

露从今夜白。白昼阳光尚热，然太阳一归山，气温便很快下降，夜间空气中的水汽凝结成细小的水滴，密集地附着在花草树木的绿色茎叶或花瓣、果实之上，透白如珍珠，因而得“白露”之美名。

天地始肃

沈阳清秋时，天地呈现淡淡的萧瑟气象，秋寒将至，庭树果实烁烁，肃然待落叶。

©大花曼陀罗

庭前梨枣熟，远岸淡秋光

一年四季，一日三餐，候着岁食节令，颇有些仪式般的诗意。
气豆下来吃气豆，枣子下来吃枣子，
一期一会的果蔬都能吃到，别急，慢慢等吧。

白露节气，早晚凉意渐浓，太阳一升起就金灿灿的，晒伤了草尖，染黄了树叶。天空显得又高又远，一群飞鸟欢畅地追着几朵白云。人们在灿烂的秋光中，散步、野餐、露营、自拍，晒太阳、晒干菜，一切都是金色的，仿佛秋意姗姗来迟。小区花坛一角的曼陀罗垂着鹅黄色花钟，树间的草地还是绿茵茵的，酢浆草在秋光里一边开花一边结籽，金银木的小果实像闪烁的红宝石。门前栅栏一角的扁豆秧几棵就能爬满架，攀上窗棂，缠着向日葵的粗壮茎枝，不出几天就越上了屋顶。粉紫色花一串串开得没完没了，一捧捧扁豆角也仿佛永远摘不完似的，用水焯过，清炒、凉拌都好吃。

邻居家的枣树，过墙一枝，鲜果累累，边摘边吃，又脆又甜。妈妈拔了两垄黄瓜架，把白露葱籽播种下去。俗语说，葱韭蒜，不见面。得选三四年没种过大葱、韭菜、蒜的土地来种植葱。秋白菜也到了抱心的时候，白露前种的小白菜，这时候出芽间苗，汆个丸子、炖个排骨，是秋日难得的清嫩滋味。园子角落里的一棵菇茑儿，竟沉甸甸地结了很多小果实。果实熟了，黄澄澄的，蜜甜多籽。

下乡去老屋，摘毛豆、掰玉米、收香菜籽、挖唐菖蒲根，苏子结籽，鸟雀欢呼。掰下来几个白玉米，扒干净一层又一层皮和红褐色的缨子，用细铁钎一插，稻草垛那儿抄一捆干稻草，灶台前一蹲，一会儿把灶坑烧得炭火通红。玉米码进去，边烤边翻转铁钎，偶尔听得一两声“噼啪”，那是玉米炸开成花的声音。按照此法，你还可以做烤麻雀、烤石蛋、烤地瓜，个个都是难得的美味。种在屋后草垛边的葫芦，爬得满草垛都是，沉甸甸的硕果累累。老姨信手摘下两个，坐在院子的小板凳上，一圈圈地刮葫芦条，再一条条地晒在晾衣绳上，一股植物的清越气息飘得满庭院都是。剩下的葫芦瓤儿也没扔，老姨将其捣碎加了白面粉和成稀面糊，灶台上硕大的铁锅烧得滚烫，淋上一大勺豆油，“啪啪啪”一路狂贴上五六个碗口大的葫芦面贴饼。老姨家房前的两畦菜地种满了各种蔬菜，早晚露重风冷，菜畦离罢园的日子不远，便不吝惜拔半垄小青葱、掐一把茼蒿尖，扯几个小旱黄瓜、青椒骨朵、小茄蛋儿。拎个细柳条编的篮子，沿着垄沟一路走来，就是一篮子的“大丰收”！跑到园子一角压井引水把它们一个个洗干净，码在蓝边搪瓷盆里，配上一小碗现炸鸡蛋酱，端上桌，能吃得每个人都心情欢畅。

九月中，我陪孩子去沈阳师范大学考试，教学楼前有几株缀满果实的花楸树，青叶转黄，一串串橙红色的花楸果是头回见，不晓得能不能吃，没敢尝。校园一角有个静寂的小池塘，荷败蓬黑，芦花初红，蒲草萋萋，结实的橙红色蒲棒在秋风里若隐若现。清水映透一方碧空，一弯月影。有人立在水边写生，画布上是近岸一簇静静开放的粉色睡莲。归时，下起了雨，气温骤降。在家门口的小生鲜店买了半斤肥牛、半斤羔羊，几只新鲜的籽乌，一家三口跑回家吃一顿热气腾腾的炖锅取暖。

庭前梨枣熟，远岸淡秋光。一年四季，一日三餐，候着岁食节令，颇有些仪式般的诗意。玫瑰盛开在郊外，浆果的面颊丰满，毛栗变得褐色可爱。气豆下来吃气豆，枣子下来吃枣子，一期一会的果蔬都能吃到，别急，慢慢等吧。

菇　茑

又称洋菇茑、黄菇茑。学名毛酸浆，原产美洲，茄科多年生草本植物，叶互生，卵形，夏秋间开花，花乳白色，浆果球形，黄绿色，包藏于囊状花萼内，味甜，多汁，爽口。还有一种原产中国、艳丽如红灯笼的在东北也很常见，学名酸浆。青时味苦，熟时球果呈橘红色或深红色，有清热化痰之效。旧时东北人家常于秋后摘一把红菇茑，串起来晒在屋门旁，冬时取其风干果实兑上蜂蜜泡水来喝。

鲜　枣

鼠李科落叶乔木，有直立或钩状刺，叶长卵形，花小，黄绿色，有花盘，多蜜，核果长圆形，鲜嫩时黄绿色，成熟时紫红色，花期5～6月，果期9月，原产中国，品种众多。鲜枣的保鲜期短暂，宜即摘即食，也可蒸熟后晒成干果或制成蜜饯果脯等。辽地最有名的朝阳大枣已有近千年的栽培历史，色泽明丽，状如玛瑙，皮薄肉厚，清脆酸甜。

木　耳

即黑木耳，又称云耳，担子菌木耳属天然食用菌。木耳形呈耳状、叶状，或杯、碗状，黑褐色，质地柔韧半透明。生于枯死的树干上，也可用椴木和木屑人工栽培。野生木耳珍贵稀少，在东北，以吉林长白山、辽宁桓仁地区所产品质最佳。中国人工培植木耳的历史悠久，远在1400年前就有木耳栽培的记载。黑木耳可采摘晒干，以肉质肥厚、色泽黑亮、朵形略小呈碗状的秋耳口感最佳。《食宪鸿秘》木耳篇所记："洗净，冷水泡一日夜，过水，煮滚，仍浸冷水内。连泡四五次，渐肥厚而松嫩，用酒酿、酱油拌醉为上。"可见木耳入馔最宜拌、炝，烧时不宜久煮；作为滋补汤羹甜品，则需小火久炖，汁稠软糯可口。

凉拌秋耳

材料

木耳、洋葱、青辣椒、红辣椒，白糖、生抽、醋、香油、芥末青酱适量

做法

①木耳去蒂洗净，过水焯熟，放凉；

②洋葱切圈，青、红辣椒切丝；

③将芥末青酱、生抽、白糖、醋、香油调匀成酱汁；

④焯好的木耳码上洋葱圈，红、青椒丝，淋入酱汁拌匀即可。

◎干木耳的话，需提前用温水泡发。

◎洋葱最好用紫洋葱。

◎可依自己的喜好加入香菜段、胡萝卜丝等。

南果梨

梨为蔷薇科落叶小乔木的果实，种类繁多，且一地有一地的特产梨果。南果梨属辽宁南部特产，以鞍山、海城两地所植最为著名。果实呈圆形或扁圆形，果皮绿黄色，成熟变黄色，带鲜红色晕。9月初采摘，刚采收的果实脆而硬，经10天左右的自发酵后，变得质细肉软、入口即化，果香中带着淡淡酒香。

扁　豆

原为藊豆，东北人习惯称之为气豆。是豆科一年生草本植物，花白色或紫色，豆荚阔而肥短，如月牙一般，灰绿色、紫红色或紫色。种子扁圆形，呈黑褐色、茶褐色或白色，嫩荚或种子可作蔬食。明代李时珍的《本草纲目·谷三·藊豆》中记载："藊本作扁，荚形扁也，沿篱蔓延也。"清人著《咏扁豆羹》赞道："垂条翠荚增，秋晨露气凉。烹调滋味美，采摘报盈筐。"嫩扁豆，须熟食，可焯水切丝后拌食或炒食，翠绿可人，自有一股清香，与9月开海的鱿鱼、鲜虾仁搭配料理也不错。

炒扁豆丝

材料

嫩扁豆荚、五花肉、青辣椒、红辣椒，油、葱、姜、蒜、盐、白糖、料酒、生抽、鸡精适量

做法

①嫩扁豆荚洗净，焯水后切丝，青红椒切丝，五花肉切丝，葱姜蒜切末；

②锅中加入宽油烧热，下五花肉丝爆香，入葱姜末、烹料酒；

③加入扁豆丝、青红椒丝翻炒，烹生抽，加盐、白糖适量炒匀；

④炒熟后放入鸡精、蒜蓉提味，出锅。

◎焯扁豆时可撒少量盐，捞出时入冷水浸泡片刻，颜色和口感更佳。

◎五花肉片也可换成鲜鱿鱼丝或鲜虾仁。

◎制作扁豆菜肴时，切记炒熟烧透。

秋分

公历 9 月 23 日 ~ 10 月 7 日

中雨转阵雨　北风 3~4 级　气温 12~22℃

秋分，八月中。

古语称“秋分者，故昼阴阳相半也，夜均而寒暑平”。

一场秋雨从午夜一直下到清晨，

雨停后，云开日出，光芒万丈。

大人们在忙着晒被子擦玻璃打扫屋子，

整理换季的衣物，

孩子们忙着在阳光里奔跑嬉闹打秋千放风筝。

秋分是二十四节气中的第十六个节气。

花信

洋姜、菊花、八宝景天、一年蓬

◎山里红和橡子

林叶拟辞山果落　明月当空秋夜凉

秋叶始黄 凉意四起，洋槐、白蜡、栾树、小叶朴、毛白杨，叶上秋光日夕黄。

圆月华光 春分朝日，秋分迎月。秋月空明澄澈，满庭月色，皎皎流光，亲人会聚，其乐融融。

玉米入仓 乡下，大田忙着收割，金灿灿的玉米棒装满了农家的苞米仓。

◎晒瓜片

藕果河蟹鲜，皎月山中圆

那个坐在河床间洁白光滑奇石上的忧郁少年，
已远走异乡求学，幸好，幸好有这些心心念念的记忆相伴，
陪我看月落乌啼霜叶满天。

仲秋时节，丝瓜藤上缀满细长的嫩丝瓜，鲜绿的泰国香丝瓜味道清甜，做丝瓜清炒鸡蛋和虾皮丝瓜汤都很美味。苹果树上的苹果红了，晒在秋阳下，一天一个模样，是越来越可爱的婴儿肥。天空格外高远，大朵的云团漫游在空中，菊花的绿色花蕾透出了点点霞光，晒得通红的果实挂满枝头，我徜徉于漫黄秋林之中，收集草地上的山里红和橡树籽。大风起，浓云卷，秋水清澈如眸，岸边红蓼枯败，芦荻苍苍，南迁的白鹭在浑河桥边兜兜转转，它们将在这里停留七八天，之后继续南飞。

十一长假，正是与友人相约吃河蟹的好时节。河蟹肥美，配几盅温热的樱桃酒下肚，击掌相辩，面红耳赤，如踏祥云，心底里跟着升起小小的满足。中秋夜，虫声渐消，天清风凉。爸妈用食用油桶自制了防风烛台，一家人坐在倭瓜架下秉烛赏月，喝茶聊天，月饼还是五仁的最香。夜空中那轮明月是今晚的红人，嫦娥霓裳独舞，玉兔闲舂灵药，广寒宫桂花飘香，可与吴刚讨几枝初开的木樨来清供，会心不远，得趣良多。其实，中秋赏月宜去河岸屋顶，去大漠山巅，去没人的山坡，去空旷的草地，宜举起酒杯，宜张开双臂去拥抱那满满的月光。

记得有一年中秋节，一家人去奇石峡郊游，空气清新，阳光耀眼，山溪淙淙，清澈见底。形态各异、大大小小的石块像被天神抖落的星辰，被

溪流冲刷得闪闪发光。水面上，成群成群的小蠓虫在阳光下飞转着，不眠不休。我们一边生火烧炭烤肉串，一边喝着冰在溪流中的雪花啤酒，坐在那儿静静地听，小溪流的歌声最动听，怎么听也听不够。登山漫步，山道上，落叶堆叠，草本植物的叶子正在慢慢枯干，浓绿中浸染的一枝鲜黄树叶，是仲秋一道特别的景色。一年蓬的淡紫色花已经开了很久，仍然不知疲倦。有的只剩下花托儿，有的纠缠着枯萎的花瓣儿，有的刚刚含着花苞，有的正迎着阳光安静地绽放，花心是让人心醉的一点鹅黄。鲜绿的蕨叶经不住秋风露水，如齿的叶子变成了篾黄色。乌头翠雀有的已经结了山字形的小果实，有的仍在一心一意开着花，时不时有一只肥乎乎的系着毛围脖的黄胸木蜂，嗡嗡叫着飞过来，一下子就钻进那淡紫色的小帽子里。野菊花正值花季，叶子油绿，花朵明亮。紫菀永远躲在一边，清幽幽的，带着一丝凄凉。走了很远很远，除了我们仨，没见一个人影。

夜宿山中。天黑下来，月亮被东南面的山头遮住，等了很久，先是迷离月影躲在山头一片黑黝黝的树影背后，偶尔透出细碎却如水晶般璀璨的光；一眨眼的工夫，一轮明亮的圆月跃出山崖，月光如一匹匹长长的银色丝绸四下抖落开来。我一边闻着白米饭的香气，一边炖着鲜藕排骨汤。孩子更是应景地吃一口月饼，看一眼月亮。吃过晚饭，爸爸负责在溪水边刷锅洗碗，我和孩子举着本《星空大揭秘》抬着头，找秋季大四边形，找飞马座、仙女座和仙后座，可惜今晚月亮是主角，它的光芒让所有的一等星都黯然无光。夜半梦醒，我从拥挤的三人帐篷里钻出来，银白色的月亮嵌在幽蓝的天空中，又大又圆。夜风清冽，四野星垂，隐隐地听见远处溪水喧哗。回到帐内还久久不能入睡，借着月光看到孩子裹在睡袋里睡得正香，长长的身形，快和爸爸一般高了。

如今，中秋八月半，一水万山间。那个坐在河床间洁白光滑奇石上的忧郁少年，已远走异乡求学，幸好，幸好有这些心心念念的记忆相伴，陪我看月落乌啼霜叶满天。

秋分

尝新

苹果

原产欧洲，蔷薇科落叶乔木，花淡红色，果实球形，红色、青色或黄色，味甜。苹果是东北地区最主要的冬贮水果，放在菜窖中可以顺利过冬，直到来年春天依旧味美甜脆。熊岳、瓦房店地区盛产苹果，央视播出过一部纪录片《苹果树下》，记录了东北一家人种植果树和抚养儿女的真实生活：3月浇水，4月稀花、受粉、蓄水，5月稀果、施肥，6月套袋，7月除草、浇水，9月摘袋、铺反光膜、稀叶、防风，10月摘果、分级、收购、入窖。秋时随处可见的苹果，需要如此繁复的过程才能装进我们的果篮，着实令人唏嘘慨叹，满怀喜悦与感激。

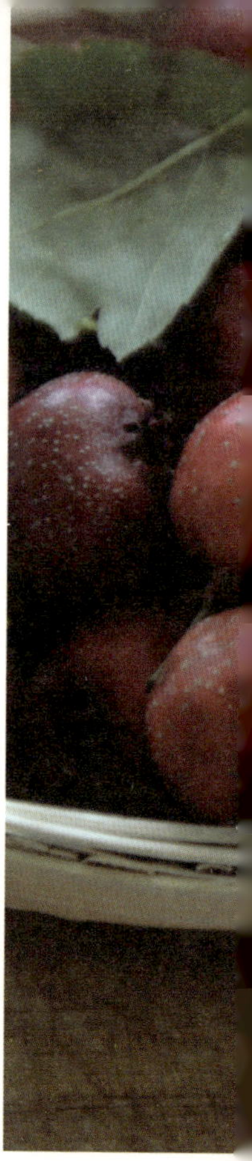

河　蟹

也叫毛蟹，绒螯蟹。甲壳纲方蟹科，生活在淡水中，头胸甲圆形，两寸有余，褐绿色，螯足强大，密生绒毛，步足长而侧扁，穴居江河湖荡的泥岸内，秋末冬初成熟个体迁至浅海中繁殖。卵于次年3月到5月间孵化，蟹苗从海中迁入淡水生长。如今，除捕捞蟹苗放养外，也可进行人工繁殖与饲养，本地以盘锦河蟹最受欢迎，中秋节以后的品质最佳，团脐雌蟹黄满，尖脐雄蟹膏腴，鲜肥甘腻，自古就是秋时鲜味。明代李时珍《本草纲目》记载："凡蟹生烹、盐藏、糟收、酒浸、酱汁浸皆为佳品。"较之南方的酱、糟、酒浸，东北人食蟹多为蒸、煮两法。煮食可效仿元人倪瓒的煮蟹法，用生姜、紫苏、桂皮、盐同煮。大火沸透便翻，再一大沸透捞出，趁热蘸上橙醋汁来吃。喜食本味就趁鲜上屉蒸上一刻钟，佐姜末醋汁即可。

山里红

蔷薇科山楂属落叶小乔木，在东北地区，习惯将果小、味甜、成簇的野山楂之类的果实，叫作山里红。与山楂相比，山里红上市的时间更早，果实小、果皮亮红色，散布银白色小斑点，果肉粉色，酸甜可口。除鲜食外，整粒去核加冰糖、清水、干桂花做个炒红果，或对半切加冰糖、清水熬果酱，都好吃。

黄瓜纽

又叫黄瓜仔，顶花小黄瓜，特指黄瓜刚长出的果实。同本地常见的黄瓜一样分两种，粗的叫旱黄瓜纽，细的叫水黄瓜纽。秋时天气转凉，赶在下霜前，黄瓜架上采收来的黄瓜纽是此时难得的时鲜美味，清炒或撒盐密封，擎罐摇匀，一日可食，脆嫩咸鲜，青翠可爱。

黄瓜纽炒肉丝

材料

黄瓜纽、猪里脊，葱、姜、蒜、盐、生抽、料酒、花椒粉、淀粉、油适量

做法

①黄瓜纽洗净，沥干水分，葱切末、姜切丝、蒜切片；

②猪里脊切粗丝，调入生抽、料酒、花椒粉、淀粉腌制10分钟；

③热锅下油，爆香葱花、姜丝、蒜片，放入肉丝翻炒；

④至肉丝七八分熟，下黄瓜纽继续炒一分钟左右；

⑤撒点盐，翻炒均匀，出锅装盘。

◎大点的黄瓜纽可对半竖切，便于炒熟入味。

鲜　藕

亦称莲藕，荷的地下肥大根茎，横生于泥土中，外皮呈黄褐色，肉肥厚，白色，微甜质脆，有管状小孔，折断处有藕丝相连。莲藕按上市季节有果藕、鲜藕、老藕之分。果藕质嫩色白，可生吃，东北地区很少见到。鲜藕也叫菜藕，中秋节前后菜市场里处处可见，切片、焯水后凉拌，食其最天然的味道。亦可蒸碗糯米甜藕，炒盘糖醋藕片，炸个酥脆藕盒。老藕全年都有出产，煲汤最显其长，刮去表皮，用刀面将藕拍碎，入砂锅与排骨一道小火慢煨，肉鲜汁甜，不负寥落季节，美味秋光入藕汤。

香煎藕盒

材料

鲜藕、香菇、猪肉馅，葱、姜、盐、生抽、料酒、白胡椒粉、玉米淀粉、油适量

做法

①猪肉馅调入生抽、料酒，加入葱姜末，朝一个方向搅匀；

②香菇洗净去蒂，切碎末放入肉馅内，调盐、淀粉、白胡椒粉适量，搅拌均匀；

③鲜藕洗净，去皮，切薄片，撒玉米淀粉；

④取一藕片，抹上一层馅料，再放上相邻一藕片，压齐压实；

⑤平底不粘锅上火烧热，倒油，码入藕盒，煎至馅香藕黄，铲出装盘。

◎鲜藕切片后滚水一焯，过冷水漂洗片刻，可缩短烹饪时间。

中秋节

又名仲秋节、八月节、团圆节，每年的农历八月十五为中秋佳[illegible]于古代帝王秋天祭月的礼制，后来逐渐演变成亲朋相聚、赏月言欢的大众节日。“中秋[illegible]的叫法，最早出现于南宋吴自牧所著的《梦粱录》：“八月十五日中秋节，此日三秋恰半，故谓之‘中秋’。”在中国民间，中秋节还流传着嫦娥奔月、玉兔捣药、吴刚伐桂、月挂金蟾等众多传说和歌谣。《帝京景物略》中记述：“八月十五祭月，其饼必圆，分瓜必牙错，瓣刻如莲花……曰团圆节也。”如今过中秋阖家出游，赏月、赏花、赏灯、吃月饼、拼果盘，心怀花长好、人长健、月长圆的美好祝愿。

《癸未中秋》

宋　杨公远

凉入郊墟暑渐微，奈何节序暗推移。
景逢三五秋分夜，光异寻常月满时。
按舞霓裳仙绰约，长春灵药兔迷离。
广寒宫桂花空发，近世无人折一枝。

三顧茅廬
清

月饼

久负盛名的汉族传统小吃和节俗食品，中秋吃月饼的风俗自宋代方开始盛行，《西湖游览志余》中说：“八月十五谓中秋，民间以月饼相送，取团圆之意。”清人袁枚《随园食单》介绍道：“用山东飞面作酥为皮，中用松仁、核桃仁、瓜子仁为细末，微加冰糖和猪油作馅，迥异寻常。”清光绪年间的沈阳名士缪东霖曾写过一本书叫《沈阳百咏》，书中有一首与老沈阳人过中秋节有关的竹枝词，这样写道：“提浆作馔趁秋风，月饼居然出沈中。终是枣泥滋味好，痴人偏买自来红。”所谓提浆月饼是京式月饼的一种，用蛋白、糖浆和面做成面皮，再包馅制出来的月饼。自来白，面皮用猪油和精白面烤制而成，面皮白净，可用枣泥、豆沙和豌豆等做成什锦馅。自来红，是用植物油烤制成的，面皮颜色很深，表面还有一块黑红色的圆圈，馅料以清一色白糖、冰糖渣、果仁为馅。如今沈阳的月饼则以本地的康福五仁、枣泥老月饼最受欢迎，更多的年轻人会在中秋假期，依照自己的口味烤一款独一无二的月饼，从榛果、巧克力到红茶、可可，供家人团聚、赏月时分享。

十月

寒露

公历 10 月 8 日 ~ 10 月 23 日

雷阵雨转多云　微风　气温 3~16℃

寒露，九月节。

露气寒冷，将凝结也。

沈阳已呈深秋景象，碧云天，黄叶地，秋色连波。

金色的杨树叶无风自落，

落在水面上泛起一圈浅浅涟漪。

园子里的各色菊花开得旁若无人，

景天花亦开在杪秋时分，谢了，初霜将至。

寒露是二十四节气中的第十七个节气。

寒露凄凄送秋光　珠禾穗穗覆垄黄

菊始华

素秋露寒，花事将息，不是花中偏爱菊，此花开尽更无花。

燕南飞

芦菔壮肥，家燕南飞。作为本地的夏候鸟，它们将在明年的谷雨时节再次归来。

禾乃登

晴日来，乡下农事正酣，水稻颗粒饱满，稻穗沉甸甸地低下头。人们忙着在金灿灿田野上收小豆、割稻子，庄村草野满是稻麦的香味和大田里烧玉米秸的气息。

◎地被菊

沾篱菊自黄，柿红板栗香

"暗暗淡淡紫，融融冶冶黄。"
小小陋室一下子就被它点亮了，
一个宁静温暖的家园。

寒露日，窗外电闪雷鸣，潇潇一晌雨。烟雾空蒙，想再听到漫天滚过轻雷，须等到明年惊蛰啦。爬山虎的掌状叶子变成橙红色，园子的矮墙被它打扮得格外惹眼。翻盆时被我遗弃的多肉植物被妈妈收留，如今恣意生长混搭成落眼弹睛的一盆。八宝景天密集的小花朵组成伞形花枝，吸引着深秋最后一批来客。

跟着爸妈一天到晚在菜园子里转悠，先揪尽还挂在秧上的辣椒、茄子、圣女果，再把瓜架上大大小小、长长短短的倭瓜剪下来。爸妈最喜欢种倭瓜，说小小的倭瓜子，轻轻按下土，施一点肥，藤蔓就能爬得到处都是，没完没了地开明晃晃的花儿，结一个个形状各异的瓜。有的果实硕大丰盈得要用木板盛托着，两个人合作才能把它摘下来：一个人卖力地剪断粗壮的瓜蒂，另一个人要张开双臂把沉甸甸、带着白霜的大倭瓜抱在怀里，像抱住了整个金灿灿的秋天。

如此带有秋天况味的果实还有板栗，有机会可在一夜风雨后，登高望远，顺便在秋林落叶间捡拾落下来的板栗果。躲在青褐色毛刺壳里的板栗一般有三个，挤得满满当当，最外侧的两个是外圆内平，中间那个两侧都是扁平的，好像一家三口，爸爸、妈妈护佑着中间的小孩子。阳光透过毛刺壳裂开的小口把果实晒成了红棕色，看上去沉静而甘甜，这样一颗颗让大自然倍加珍视的果实，不好吃才怪。因此，这时节没时间上山，也一定要去早市转转，买上几斤。板栗好吃，去皮却是件让人头疼的事，试了许多方法，发现最有效的方法就是趁热剥。置一小锅水于火上，撒粗盐，大火烧响边，入板栗，转小火，煮上两三分钟，用漏勺捞，捞一个剥一个，用剪刀在尖端剪个小口，轻松就能剥出一枚完整的栗子肉来。去皮的栗子肉已经半熟，少不了做上一锅板栗烧鸡，或放进米饭里一起焖，米饭也带了栗子香。

炒栗香时方莳菊。园子里妈妈种的小叶菊花绽开时，重阳节已过，但我还是悄悄剪了几枝淡紫与明黄的花摆在案头上。想起小时候妈妈会种上几盆案头菊，春夏季不见怎么侍弄，可一过农历九月初，就一枝枝迎着晨光绽开了花瓣。多是白、黄、紫三色，最喜欢的一种妈妈叫它“白绣球”，层层叠叠的舌形花瓣簇成一大朵圆溜溜的花冠，像极了下雪天嬉戏时攒的大雪团，还闪着雪花般晶莹的光芒，小小陋室一下子就被它点亮了，蓬荜生辉，融融暖暖。其实不光我家，胡同里家家户户这时都会摆放几盆色彩鲜艳，花形各异的秋菊，听妈妈说是取安菊（居）乐业之意。古人爱菊是从菊花的实用性开始的，中国古书记载菊花“苗可以菜，花可以药，囊可以枕，酿可以饮，所以高人隐士篱落畦圃之间，不可一日无此花也”。

“待到重阳日，还来就菊花。”九九重阳佳节时，古人除了登高，也常常饮宴赏菊。被称为“菊痴”的东晋陶渊明那一句“采菊东篱下，悠然见南山”，尽现人淡如菊、怡然自得的田园生活。除了陶令公，刘禹锡的《菊花》：“仙人披雪氅，素女不红装。粉蝶来难见，麻衣拂更香。”则心素如简、清丽脱俗。当然，李商隐的“暗暗淡淡紫，融融冶冶黄”方是我最喜欢的菊花诗，这样的菊花才是我儿时记忆中的菊花，古朴秋华中，照亮一个宁静温暖的家园。

橘 子

芸香科柑橘属常绿灌木或小乔木，原产中国，果扁圆形，黄绿、橙黄色，果皮较薄，易剥，果肉月牙形，7~11瓣，酸甜多汁。暮秋的早市上以蜜橘、砂糖橘多见。在东北，作为冬储水果的橘子除了鲜食，亦可去皮分瓣，煮成糖水罐头，也可学山楂、山里红穿成串制成冰糖葫芦。到现在还记得，漫漫长冬里一家人围坐在火红的炉子旁，一边剥橘子，一边把橘皮随手扔在炉盖上烤，满屋子都是好闻的清香。

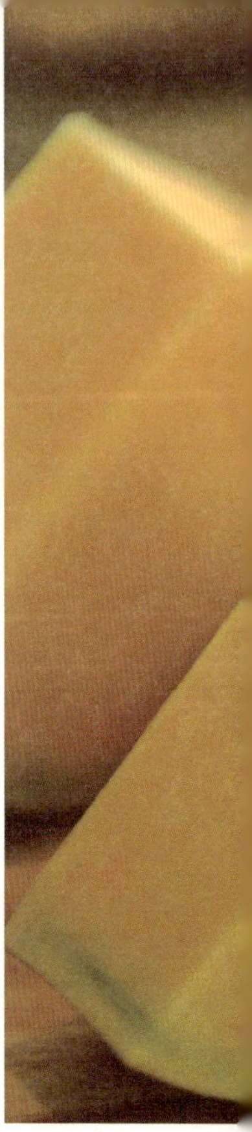

柿　子

柿科落叶乔木，叶椭圆形，花钟状，黄白色，果圆或方圆形，色红或黄，花萼宿存。新摘果实味涩，可放在太阳底下晒，也可泡在响边热水中脱涩。霜打熟透后，软糯甘甜，可生食，可冰成冻柿子，亦可整个柿子晒干之后制成柿饼、柿酒。原产中国，栽培已有1000多年的历史。10月初，本地率先上市的是火晶柿，个头较小、晶莹火红、果肉面甜；之后大半个月才有个头较大、颜色橙红、凉甜爽口的方柿下来，正如宋人所赞：柿叶红如染，骈实渥如丹。新折蒂尚青，甘香味独兼。

螺丝转儿

甘露子的俗名，亦称草石蚕、宝塔菜。原产亚洲东部，中国自古就有栽培，唇形科多年生草本，夏季开花，淡紫色，喜生湿润地或近水处。地下有匍匐枝，成熟时顶端膨大成螺旋状的肉质块茎，秋季采挖块茎，洗净，可盐渍、酱制供食用，脆生可口。

倭 瓜

东北人喜称南瓜为“倭瓜”，又称番瓜、饭瓜。葫芦科南瓜属一年生草本植物，茎蔓生，呈五棱形。叶五角状，花明黄色，果实圆形、长圆或扁圆形，果皮深绿、赤褐色，有网纹或条纹，老熟后带白霜。南瓜起源于美洲大陆。皮薄肉厚，风味甜醇，亦蔬亦粮，嫩南瓜可切丝炒食、做汤、调菜馅，清甜鲜美；冷露轻霜后的老南瓜，宜“少水缓火，蒸令极熟，味甘腻，且极香”。可与大米同煮，是香甜可口的南瓜饭，或煮熟捣烂，拌以面粉制成南瓜饼、南瓜面条、南瓜点心。

倭瓜浓汤

材料

老熟倭瓜，豆浆、白砂糖适量

做法

①倭瓜洗净，斩大块，隔水蒸熟；

②蒸熟的倭瓜去皮后，入料理机打成泥；

③将瓜泥放入小奶锅，添适量豆浆，小火煮开；

④边煮边顺时针搅拌，一两分钟，加点白砂糖，关火即成。

板　栗

山毛榉科落叶乔木，树高有时可达20米，雌雄同株，雄花成直立柔荑花穗。壳斗大，球形，具密生刺，壳斗中有坚果2~3个，成熟时，壳斗会十字而开，棕红色的栗子若隐若现。栗子原产中国，有上千年的栽培历史，素与桃、杏、李、枣并称“五果”。现在辽宁以西各地多栽培，本地以丹东板栗最为有名。鲜栗可生食、烘烤、炖煮、清蒸、炊饭，磨粉制成糕点、栗子羹等，比较家常的料理是栗子炖鸡、栗子饭，当然最具人气的还是历史悠久的“糖炒栗子”。油光锃亮，软糯甜蜜，暖香四溢，为秋冬季的小吃珍品。

红肠松茸栗子焖饭

材料

大米、干松茸、红肠、熟栗子，生抽、白糖、猪油、芝麻油适量

做法

①大米淘洗干净，浸泡30分钟；

②红肠切片，干松茸泡发切小块；

③生抽、白糖、芝麻油混合成酱汁备用；

④用猪油涂抹砂锅底部，放入泡好后的米，铺上栗子、松茸、红肠；

⑤加开水没过米面0.5厘米，中火煮到水分收干；

⑥关火，焖10分钟左右，浇入酱汁拌匀即可。

◎添水煮饭时，可加入适量泡松茸的水，干松茸换成干香菇亦可。

◎吃时撒点香葱末或青椒碎。

◎可搭配虾皮紫菜蛋花汤一起。

霜降

公历 10 月 24 日 ~ 11 月 7 日

晴　东北风 3~4 级　气温　−2~11℃

霜降，九月中。

气肃而凝，露结为霜矣。

此刻的沈阳从深秋向初冬过渡，

霜结晨霜，槭枫叶红，银杏叶黄，空气凛冽，

冷雨把天空洗得碧蓝，

草木黄落，

几乎所有的树都在化繁为简。

霜降是二十四节气中的第十八个节气。

霜降草际虫语乱　风过林梢落叶声

枫叶红

赏秋时节，槭枫红，银杏黄。远游二三日去红叶谷、关门山，近观就去农大、辽大，霜风染层林，树树皆秋色。

秋菜藏

“秋田菜属秋菘好，满趁西风著几缸。”乡下来的菜农把车开进了小区，邻里间奔走相告，选菜、称菜、晾晒，腌渍，场面好不热闹。白菜、土豆、大葱、萝卜是沈阳人每年必贮藏下来过冬的秋菜。

霜始降

季秋霜降，枯草星白，西风飘叶，衰荷半倾。寒意四起，长冬将临。

◎洋姜

菽豆暮秋熟

一季风景，一时风物。

无论是正在长大，还是渐渐老去，都要在这个常常让人感到挫败的世间学会生活，

学习安顿好自己的身体和灵魂。

赏秋时节，槭枫红，银杏黄。远游二三日去红叶谷、关门山。近观就去农大、辽大。懒散如我就在家门口的小公园里转悠，老叟于湖边秋钓，游乐场静悄悄。摩天轮下一棵枫树正在晨光里幽幽梦醒。看二木成林，三木成森。俯首一地锦绣，举头金色的叶子似金色的铃铛，沙沙作响，心满意足地珍藏着一小片儿澄明的天。我看也看不够，目光不愿意离开，灵魂和生命变得轻如一叶舟，欣喜如棹美若兰桨。踱进公园外的小菜市场，忙着贮藏秋菜的人和赏秋的人一样多。大白菜装满车，土豆萝卜扎堆儿，有人喜欢葱白长、有人得意葱叶绿、有人在教大伙儿分辨真假雪里蕻……

乡下来的菜农把装满大白菜的小货车开进了小区，邻里间奔走相告，选菜、称菜、晾晒，腌渍，场面好不热闹。霜冻即将来临，乡下老屋前小菜园要罢园了，拔萝卜、砍白菜、捆大葱、割黄豆秧、挖鬼子姜……我得说，在阳光里、在土地上，在垄沟前后忙活的感觉很舒坦，拾掇着菜蔬豆米，拾掇着秋花秋果，心情也像明亮的秋阳，亮堂堂的。会忍不住地哼唱起一支歌，那歌好像是若干年前喜欢的，早已忘在了记忆的角落，这会儿唱出来，自己惊得边唱边笑出了声。

傍晚，我们一人抱个簸箕在院子剥豆子，爸爸提议要给我们做一道历史悠久的美食：猪拱豆。听爸妈讲，他们当知青下乡那会儿，就是一边在

地里收割，一边趁队长不在，用这道美食来缓解一天的饥肠辘辘。名字叫猪拱豆，却好像和猪没多大联系，原料很简单，就是我们下田去割回来的一小捆已经干枯的黄豆秧，每棵秧上的豆角却是不老少。做法就更简单，只消把那小捆黄豆秧在院子里摊开点火一烧，烧得火苗四蹿，两三分钟的样子，用扫帚狠狠地拍几下将火扑灭，之后一家人就在余烟袅袅的灰烬里，扒拉那烤得糊香四溢的黄豆粒！哈哈，一会儿就满满一捧，找个地儿舒服地一坐，一边吃得齿颊留香，一边看着四下炊烟四起、倦鸟归巢。

季秋霜降，枯草星白，鱼儿浮潜，山楂果落满水塘。我把车子停在路边，准备一个人去公园散步。旁边的一棵老杨树，叶子无风自落。一片又大又饱满的金黄色叶子，叶面朝下坠落在人行道上，粗壮的叶柄撅得高高的。三三两两的行人走过，没人注意到它。终于一双小手把它拎了起来，那是一个穿红色风衣的小女孩，四五岁的样子，一手牵着妈妈，一手把叶子扬得高高的，她一蹦一跳走远，令人不禁莞尔。起风了，落叶如急雨，扫向大地。落满金黄树叶的草地上是孩子们的乐园，好几个大人陪着，或坐或跑或徉徜，或躺在厚厚的叶子上晒太阳。老人家则少有人相伴，孤单地坐在长椅上，揣着手，向着晨光，面带微笑，和身后那一棵正在落叶的树一样孤独……“落叶不更息，邂逅暂相依。谁云少年别，流泪各沾衣。”

立冬不远，天空蓝得像海一样，一排排浮云从天边卷过来，仿佛听得到唰唰的潮声。鸟儿在松林间跳跃，偶尔呼朋唤友地一两声啁啾。落叶如蝶，扑簌簌地落了地，又被一阵风吹走，在石板路上弹跳着，滑进了黑黢黢的灌木丛。大树下铺满厚厚的枯叶，窸窣作响，定睛一瞧，几只麻雀披着和焦叶同色系的小披风正在觅食。信手采了椴树的小果实，还有一些蓖麻籽。这两样植物的果实都很童话，椴树枝叶间垂着一小串一小串带着长柄的球形果，长圆状萼片变得枯黄，脉络清晰如刻。剥开蓖麻籽小刺猬一样的外壳，里面的小种子，光溜溜的，画着好看的小花脸。有很长一段时间，一个人立在林间，不着一言。秋末初冬的树，每一棵都是美的，在寂

静处，无风轻吟，伴雨幽鸣。一片又一片叶子，顺着弯弯的枝丫一路轻撞着，小跑着，奔将下来，惺惺松松，悠悠窅窅，让伫立其间的人，被一种又积极又消沉的向往所笼罩，那种自高远处而来的广大而深微的呼吁，竟是如此悄怆感人。

一季风景，一时风物。无论是正在长大，还是渐渐老去，都要在这个常常让人感到挫败的世间学会生活，学习安顿好自己的身体和灵魂。在简单琐细日常之中，悲伤欢乐，失败成功，迷茫沮丧、心花怒放都没有什么高下之分。和家人一起赏月的时刻，与友人一起吃河蟹的时刻，一个人相对带露黄花的时刻，一个人伫立树下仿佛与满树秋叶一起坠落的时刻，在这些让我感到快乐感到短暂恩宠的瞬间里，我领略到了那种忘我的永恒。尘世的满足是暂时的，会心的刹那、感动的片刻、幸福的瞬间，记录下来，回忆起来，却是永久的，和尘世的生命一样久，和即将到来的冬天与雪花一样久。

◎银杏叶

山药豆

学名零余子，为薯蓣科植物山药的叶腋间生有的珠芽。大小不一，肾形或卵圆形，皮薄，黄色，煮熟后变灰色，肉白质细，口感粉糯，是一种菜药兼用的时蔬，可蒸、煮、烤，也可做虎皮山药豆、拔丝山药豆，冬天穿成串儿蘸冰糖葫芦也好玩。

山 楂

蔷薇科山楂属落叶乔木。叶羽状5~9裂，伞状花序，花白色，果实近球形，红色，有褐色斑点，核质硬，果肉薄，味微酸涩。可生食，可榨汁，用其制成冰糖葫芦、山楂糕、果丹皮、山楂蜜饯等零食更受欢迎，酸甜可口，消食解腻；《本草纲目》记载："凡脾弱、食物不化，胸腹酸胀者，于食后嚼二三枚（山楂），绝佳。"民间亦用晒干的山楂切片来泡茶、煲汤、炖肉。

山 楂 罐 头

材料

新鲜山楂，冰糖适量

做法

①山楂清洗干净，用小刀分别去掉头、柄，山楂核用筷子捅出；

②炖锅入纯净水烧开、入冰糖适量；

③至冰糖化开少许，转小火，将山楂放入锅中煮；

④煮至冰糖全部化开，汤汁开始变黏稠；

⑤关火晾凉，倒入玻璃瓶里面，冷藏，随吃随取。

◎煮时不盖盖子，山楂罐头的颜色更红透、鲜亮。

◎冰糖的量依个人的口味而定，多放一些更适口。

◎可煮些银耳，淋上自制的山楂罐头，做一道山楂银耳羹。

鬼子姜

学名菊芋，俗称“洋姜”“鬼子姜”，菊科宿根草本植物，株高2~3米，花期8、9月，色如黄菊，其块状地下茎可以食用。原产北美洲，后经欧洲传入中国。鬼子姜本身真是一种让人喜爱的植物，春夏时作篱笆，夏秋时看黄花，秋末时挖块茎，几根植株就可收获满满。

腌鬼子姜

材料

鬼子姜，花椒、大料、白糖、盐、白酒、甜面酱、生抽适量

做法

①新鲜鬼子姜洗净，置通风处晾两天；

②锅入适量纯净水、花椒、大料烧开后晾凉；

③水中放入白糖、盐、白酒、生抽、甜面酱后搅拌均匀；

④鬼子姜放入保鲜盒或能够密闭的罐子中；

⑤倒入制作好的调味卤汁，没过全部鬼子姜；

⑥封好盖子腌制10天左右即可食用。

◎鬼子姜块茎较大者，可对切两半，更易入味。

◎腌制的时间越长，味道越好。

◎吃的时候把洋姜切成片或细丝，加点熟芝麻、葱花末，再淋点酱油、醋和香油即可。

黄　豆

又称大豆。豆科大豆属一年生草本植物，茎粗硬而有细毛，花紫色、淡紫色或白色，荚果扁平形，老熟荚果土黄色，密被褐黄色长毛；种子2~5颗，近球形，有黄色、淡绿色、黑色等，含有丰富植物蛋白质。原产中国，古称菽，各地均有栽培，以东北产区最为著名。大豆炒、炖、拌皆可，炸油酥豆、黄豆烀海带、黄豆炖猪蹄、黄豆拌芹菜都是很家常的菜式。东北乡人亦喜欢自制黄豆瓣酱，当然还可以磨豆浆、榨豆油，制豆腐、干豆腐、腐竹、素鸡等豆制品。

凉拌芹菜黄豆

材料

黄豆、香芹、胡萝卜，熟芝麻、盐、白糖、大料、姜、香油适量

做法

①黄豆冲洗干净，冷水浸泡一夜；

②将泡好的黄豆放入锅中，加盐、姜片、大料，添水煮熟；

③香芹洗净，切段，入开水焯熟，胡萝卜切丝；

④黄豆入盘、码上香芹段、胡萝卜丝，撒盐、白糖、熟芝麻、香油拌匀即可。

◎煮好的黄豆可以多泡一会儿入味。

十一月

立冬

公历 11 月 8 日 ~ 11 月 21 日

❄ 雨夹雪　北风 2~3 级　气温 −5~2℃　霾∞

立冬，十月节。

立，建始也。冬，终也，万物收藏也。

沈阳已是初冬时分，

气温骤降，寒潮来袭，

北风打着风哨儿，从午夜刮到清晨，

伴着冷雨，下起今冬第一场细雪。

浓浓雾霾中，圆圆的太阳变成了米白色，

捉迷藏似的一会儿看见，一会儿看不见。

立冬是二十四节气中的第十九个节气。

◎戴胜

北风疏叶尽　寒鸟相与还

水始冰

气温降至零度以下，水泽、落叶、草芽结上一层晶莹透亮的薄冰。

留鸟欢

草木枯败、田地裸露、林果显现，会引来成群结队的鸦鸟，早出晚归地忙着品尝初冬奉上的美味大餐。

米尝新

秋收已过，新米在立冬前后纷纷上市，去市集、去乡间买上几十斤新大米与家人一起分享。

◎白杜

新春稻米香

质朴如稻米的生活才能呵护最脆弱的生命，
才能在霜天暮野后依旧不费吹灰之力地帮我逆转时光。

初冬，一夜西风凋树。乔木、灌木的叶子落尽，露出了光秃秃的枝干，许多街路都被黄色、褐色的落叶盖得密密实实。小檗、卫矛的小果实红彤彤地挂满枝丫，小树林里几棵长了十几年的金银木，如今枝丫扶疏，红果闪烁。偶有几只太平鸟嬉戏，啄着鲜红的小果实，摇得枝上缀着的水滴也跟着落下来，水晶般一闪一闪。学校园圃里，大花波斯菊居然还在开着，莹白、玫红、浅粉，我采了些小小的细长如眉的花种子。秋风瑟瑟，去看了夏时初识的烛台树，藤黄的叶子，映着一串串黑紫色小果子。阳光一会儿明一会儿灭，光影里的栾树也很美。

近黄昏，一个人出门散步。小广场上，一位老者正在晾晒自家门前种的几捆黄豆和红小豆，扯下来的干豆角用簸箕一下下有节奏地掂。簸箕是亮点，用辉山牛奶纸箱自制而成。太阳刚落，天就一下子黑了，月亮又大又圆，暗金色，挂在枝丫间，像一盏点了很久的老吊灯。看来，冗长无趣的冬日还有点小确幸。比如暗夜沉沉，冬日暖阳忽映窗；比如相见亦无事，不来忽忆君；比如每周三看《夏目友人帐》半个小时；比如听朴树发了新歌；比如看见枯叶碎雪间，一只肥猫披着黑披风慢吞吞地穿过小区的石板路，消失在灌木丛中。

这时候的大白菜脆嫩清甜，可以佐以任何食材，调任何味道，拌、炒、炖都格外好吃。脱粒入仓的新稻经过一旬的冷却磨成新米入锅，松软清黏，米香四溢，只配上前几日妈妈腌渍的黄瓜条就吃了满满一碗。犹记起岁时晚秋，菜园里果蔬尽藏，大田玉米装满了仓，垄边间种的小豆、黄豆、青豆也收拾妥当，正红橙黄绿的一簸箕一簸箕晒在院场上，而一年中最忙碌的水稻收割季才正式开始。以前是全家齐上阵，用手里轻快的镰刀一垄一垄、一亩一亩地将金黄的稻秧割倒，打绕成捆儿，再晒上几天运到打稻场一捆捆儿的脱粒、装袋，没个十天半月忙不完。如今先进的割稻机一来，边收边脱粒边装袋，老姨家的五十亩水稻只用一天就收割完成，五百多袋稻谷到了晚上九点钟已经满满当当地装满了西厢库房。隔天，我们就拉着几袋新收的稻子到邻村的磨坊，过秤磨米，出米率还不错，一百斤稻谷可以出七十斤大米。背回家去，生火淘米做饭，不多时新米饭就端上了桌。昨天还是一片稻穗生在田间看云，今天就米粒盈斗尝新。怪不得古往今来，人们都有“吃新”的习俗，连身在异乡的人都不免写诗感叹：“万木已清霜，江边村事忙。故溪黄稻熟，一夜梦中香。”

唐朝诗人李绅的那首《悯农》是我们小时候最先会背的一首诗：“锄禾日当午，汗滴禾下土。谁知盘中餐，粒粒皆辛苦。”小时候在乡下长大，一年四季操忙农事的姥爷、姥姥早早就教育我要爱惜粮食，花饭碗要吃得干干净净，不能剩一颗饭粒。灶火铁锅焖出来的米饭，我总也吃不腻。锅底的饭嘎巴一边刮一边卷成团儿，吃在嘴里一股糊香，又有点脆脆的甜味。那时候我们还喜欢在稻田边玩，水稻田里有小草鱼、小青蛙，有绿浮萍、野慈姑，有低飞的红蜻蜓，走在田埂上有跳起的小蚂蚱和采不完的美丽野花。饿了跑回去趁大人不在家，一碗冷米饭，舀上一勺荤油，淋点酱油一拌，米粒油亮，晶莹剔透，米香、肉香、酱香纠缠在一起激荡开来，一碗吃完，心里美得觉得自己是天底下最幸福的小孩。秋收一过，我们在老师的带领下坐着大马车去拣稻穗，撅着屁股拣个大半天，再美滋滋地迎着夕阳，抱着沉甸甸一小篮稻穗回家。初冬时大马车拉回家、码在家家户户大门旁的稻草垛也是小孩子的游戏乐园。我们时常在草垛边玩捉迷藏、过家家，爬上草垛顶练胆儿、练武功、唱歌、数星星，有时还能发现几个红皮大鸡蛋。

稻米既是平常之物，也是人之大爱。质朴如稻米的生活才能呵护最脆弱的生命，才能在霜天暮野后依旧不费吹灰之力地帮我逆转时光。如今秋收已过，新米在立冬前后纷纷上市，去市集、去乡间买上几十斤新大米与家人一起分享吧！窗外雪花初绽，桌前米饭飘香。

雪里蕻

十字花科一年生草本植物，芥菜类叶用芥菜的一个变种——分蘖芥，又称雪菜。蕻，释为“茂”，《广群芳谱·蔬谱五》记曰：“四明有菜名雪里蕻，雪深，诸菜冻损，此菜独青。”谓此菜于雪时反茂，故名。鲜叶长圆形，叶齿细密，色浓绿，耐寒力强。多产于江南、华北及东北地区，于初冬霜降时节收获，不宜鲜食，适合腌制成咸菜。

雪菜肉丝面

材料

雪里蕻、猪里脊、切面，油、葱、姜、白糖、干辣椒、豆瓣酱适量

做法

①雪里蕻洗净，清水泡一下，去除多余的盐分，挤干水分，切成末；

②猪里脊切细丝，姜切丝，葱切末，干辣椒剪成细圈；

③热锅热油，入肉丝、姜丝、辣椒圈煸香；

④加入雪里蕻、适量白糖、豆瓣酱，翻炒片刻，添清水煮沸；

⑤把切面抖散，去扑面下锅煮熟，撒一把葱花，出锅。

◎因雪里蕻本身有咸味，又添了酱，因此，无须加盐。

◎切丝的猪里脊，撒花椒粉、淀粉腌一下，口感更嫩滑。

稻　米

禾本科一年生草本植物，秆直立，中空有节，叶片线形，叶鞘有茸毛，圆锥花序。成熟时向下弯垂，小穗有芒，颖果。一朵裹在颖壳里的稻花，就是一颗雪白晶莹的大米。常见的水稻有粳稻与籼稻之分。籼米细而长，粳米短而圆。东北种植的一季稻米是东北人最基本的主食，从5月初育秧到10月末收获，生长周期6个月左右。而当年10月中下旬收割脱粒的稻谷经十天半月的储存后，脱壳成米，两个月内食完方可称之为“新米”。新鲜的稻米颗粒圆润，水分饱满，因此，煮饭时添加的水要比平时少三成。新米焖饭，黏糯弹牙，粒粒如珠，煮粥，更是稠香四溢，米汤泛油花。

红小豆

又称小豆、红豆，豇豆属一年草本植物，茎绿色或紫色，多直立，蝶形花为黄色，10月结果，成熟种荚长筒形无毛，籽粒短圆、红色，脐白色。红小豆浸泡后，可煮红豆饭，小豆粥或烂褪皮后制成豆沙。加糖的甜味豆沙可制成许多东北人喜食的面点、甜点和冰点，如年糕、豆沙包、油炸糕等。

大白菜

十字花科芸苔种大白菜亚种，一年生草本植物，古称“菘”。叶阔大、色白的叫大白菜，淡黄色的叫黄芽菜。大白菜茎短肥圆，叶柄宽厚，叶色泽绿至黄绿，多皱成核桃纹，叶球嫩黄至奶白，常有散叶、花心、结球、半结球变种。东北的冬天，大白菜是餐桌上的常客，更有“百菜不如白菜”的说法。

凉拌白菜心

材料

大白菜心，油、盐、生抽、香油、葱、白糖、白醋、熟白芝麻、干辣椒碎适量

做法

①大白菜心洗净、切细丝，码在盘内；

②撒上葱花、白芝麻和干辣椒碎；

③锅中烧热油，浇在葱花、干辣椒碎上；

④加盐、白糖、生抽、白醋、香油拌匀即可。

◎现吃现拌，口味更好。

小雪

公历 11 月 22 日 ~ 12 月 6 日

❄ 阴转小雪　东北风 3~4 级　气温 −9~−5℃

小雪，十月中。

雨下而为寒气所薄，故凝而为雪，

小者未盛之辞。

此刻的沈阳景气肃杀，闭塞成冬。

小雪轻舞，繁枝入画。

小桥谁扫，疏篱寒雀。

雪后初霁，

正午阳光洒在水面上，薄薄一层浅冰，

闪烁一层碎银。

小雪是二十四节气中的第二十个节气。

花雪随风不厌看　一片飞来一片寒

雪花六瓣

雨遇寒气凝为雪花六瓣，“草木之花多五出，独雪花六出”。古人把雪花叫作未央花。未央是没有结束、没有尽头的意思 。

地封严

俗话说“小雪地封严”。小雪节气初，东北地区的冻土层深度将达5~10厘米，往后差不多一昼夜平均多冻结1厘米，到节气末已冻结1米左右深，正是“小雪雪满天，来年必丰年”。

暖着棉

“雪花作絮散遥天，快着轻裘暖着棉。”天气愈加清寒，人们开始翻出厚厚的羽绒服，把身体裹得暖暖和和，做一些具体而又简单的事，迎接数九寒天。

◎卫矛的枝叶青着，雪米纷纷扬扬

会当乘小雪，忽而归从前

也许有一天我们再也不能这样相伴着走下去，

那，那又怎么样呢，

此刻尽让我们好好在一起，一起围着炉火，吃饭喝茶，谈笑唱歌。

落叶埋径，细雪落落，树一棵一棵瘦成剪影，枝丫间点缀着各种各样的干果子、小种荚。小檗的果实像一盏盏小红灯笼，卫矛果是镶在花托里的小玛瑙，那挂了一树黄灿灿的果子的是西府海棠。冬天的野果子，落了雪都很好看。肥猫在榆树干上磨爪子，灰蓝天空中，一队大雁，四只成行，从东北飞向西南。胖乎乎的黑尾腊嘴雀，三五成群地从这一棵白杨树飞向那一棵老柳树，小翅膀扇动的频率很快，一抹白色飞羽在小小的身形周围画出一道环形的白色光圈，嫩黄又结实的喙格外醒目。大斑啄木鸟的身影远远地就能看出来，"梆梆梆"的鼓点随即传入耳畔。十几只灰白色的鸽子正编队飞行，在这片小树林和林外的运河上空一轮又一轮地盘旋。一小群灰喜鹊结伙出来觅食，扑棱棱地在你跟前的小路上下翻飞，衔着小红果子的那一只闪着淡蓝色的光，像是刚从童话书里钻出来的精灵。鹿茸色草地上一层清雪，几只结伴的大喜鹊畅快地洗着雪花浴，美美地翘起大长尾巴一左一右地摇摆着，像个小八字脚。一对戴胜鸟小心翼翼地在结了一层薄冰的枯草石隙间找食儿，枝上一只落单的大山雀，腆着白肚皮急声呼唤着同伴。树下成群的麻雀聚在一起，一跳一跳地觅食草籽，像是老天爷养的一窝小家禽。

这样散步回来，一个人吃午餐。夏天可以将就，冬天却一点也马虎不得，否则不出一盏茶的工夫，冷感跟饿念都接踵而来。早市买的半斤小河虾，洗净趁鲜同葱花、农家酱、干辣椒碎一起下锅，烹半盅白酒，炝成火红的虾酱，配白菜心、萝卜片、酸菜瓣最好吃。以前这个时节，姥爷会趁着河道、水库还没上冰，截几网小河虾回来，姥姥用热锅小火慢煎，直接把小河虾煎得焦红干香，撒点椒盐、辣椒碎，是姥爷最喜欢的下酒菜。冬天里买猪肉的案板前总是排长队，大伙都拣板油和肥肉买回去炼荤油吃。每次去副食商店买肉，妈妈都叮嘱我和妹妹：一定跟卖肉的叔叔好好说说，多切点肥的。有时能如愿买到一块，有时还没排到我们就卖光了，只能空手而归。妈妈把炼好的荤油放在一个茶叶末色的小坛里，每次做菜就用小勺舀一点，炼荤油剩下的“油嗞啦”也不肯给我和妹妹吃，要留下来炖白菜土豆。在乡下姥姥家可不是这样，只要姥姥一炼荤油，我和妹妹就在锅台前候着，剩下的“油嗞啦”姥姥都分给我和小妹，趁热蘸点白糖吃，那味道真是杀馋。想来一碗小河虾酱、一小碟猪油渣，对于很多七八十年代出生的人来说，都是童年记忆里难得的美味吧。

晚上与爱人一起看是枝裕和的影片《比海更深》：“平凡的人，平凡的生活，没有比海更深的深情，没有比海更无常的人生，也只有这样才能开心地活着吧。”记得看《步履不停》的那年，跟妈妈一起旅行，她还嘲笑我跟不上她矫健的步伐，而昨日陪她去银行刷工资卡，天气很冷，妈妈喘着粗气，走得很慢，我走一会儿，就要停下来等她。又想起半月前跟爸妈一道去老屋休田洒扫，爸爸哼着一首老歌，给园子里的果树上石灰水，妈妈在灶台边忙活，我不断把从院子里扫来的枯枝败叶填进灶膛，火舌舔着灶釜，升腾着白菜豆腐炖排骨的香气。也许有一天我们再也不能这样相伴着走下去，一辈子爱吃的饭菜也不得不割舍，自然的生命和人类的生命都即将走进严冬。那，那又怎么样呢，此刻尽让我们好好在一起，一起围着炉火，吃饭喝茶，谈笑唱歌。

冻豆腐

东北地区传统的豆制品，由新鲜豆腐冷冻而成。清《食宪鸿秘》记道："严冬，不用水浸，听其自冻，竟体作细蜂窠状，洗净，或入美汁煮，或油炒，随法烹调，风味迥别。"冻好的豆腐变成豆黄色，出现了很多细密的小蜂窝，可切小丁与腌好的雪里蕻同炒，咸鲜下饭。可炖大白菜、炖红烧肉，加点宽地瓜粉，冻豆腐吸饱了喷香的肉汤，口感丰富，柔韧鲜美。还有涮火锅也少不了一盘切好的冻豆腐。冻豆腐的制作方法很简单，冰天雪地的节气，把豆腐切大块摆在背阴的室外，盖一块儿厚布，三五天即成。当然也可切小块，入点薄盐，滚水焯下，冷水冲凉后放在冰箱中冷冻，吃的时候，起下几块来放到清水中解冻，随取随吃。

油嗞啦

又叫猪油渣、油梭子，是用肥猪肉炼荤油后所剩下来的肉渣。荤油又称大油，即从猪板油或肥肉里炼出来的“油脂”。

平常人家多喜欢割一刀厚实洁白肥肉或红白相间的猪五花，切均匀小块入冷锅。加少许水，点小火慢熬，水分会慢慢蒸发，而清亮橙黄的荤油越来越多，肉丁也缩成微黄色小块，变成了“油嗞啦”。熬好的荤油在室温下会凝固成白色或淡黄色温润油脂，香气浓郁。用荤油拌面、拌饭，炒豆芽、炒土豆丝都很好吃。刚出锅的“油嗞啦”则香酥松脆，是20世纪七八十年代出生的人儿时难以忘记的零食小吃；另外，“油嗞啦”碾碎烙个油酥饼，或配上白菜萝卜粉条做馅蒸包子、煮饺子、捏馄饨，也是美味。

油酥饼

材料

猪油渣、面粉、花椒粉、油、盐适量

做法

①温开水和面成面团，饧半个小时左右；

②将面团擀成大圆面片，依次均匀涂抹玉米油、盐、花椒粉和碾碎的猪油渣；

③从一边开始将面片卷起后，切成几份，擀成大小均匀的面饼煎锅入油烧热，放入面饼烙至两面金黄即成。

小河虾

散布在各地湖泊、河流、水库中淡水产虾的统称，包括青虾、米虾、白虾等。较常见及买到的是青虾，体长4~8厘米，外壳透明光亮，呈青绿或青白色，带棕色斑纹。新鲜小河虾，用流水漂洗干净，撒入适量面粉、盐拌匀，入热油炸至金黄，酥脆鲜香，特别适合老人和小孩，拌白米饭或直接当零食吃俱佳。小河虾的保鲜期很短，蒸熟晒干制成虾米或炸成虾酱亦是留住这短暂食材的好方法。

香煎小河虾

材料

小河虾，大豆油、盐、花椒粉、干辣椒碎适量

做法

①鲜活小河虾在流水中漂洗干净，用笊篱控干水分；

②铁锅入大豆油烧热，入小河虾武火爆炒至虾壳变红；

③转小火慢煎，细细煸炒小河虾煎至色泽赤亮、干香四溢；

④撒点花椒粉、盐、干辣椒碎，出锅装盘。

十二月

大雪

公历 12 月 7 日 ~ 12 月 21 日

☼ 晴　东北风　微风　气温 −10~−1℃

大雪，十一月节。

大者，盛也。

至此而雪盛矣。

此刻的沈阳，

江水生冰树枝折，

萦空如雾转，凝阶似花积，

喜鹊画竹猫画梅，落树飞花天地静。

大雪是二十四节气中的第二十一个节气。

花雪随风不厌看　一片飞来一片寒

金盏香

仙花照水为谁簪，倚风轻吟踏雪行。窗外大雪拂草如蝶，台前水仙花开，香气轻吟。

负日暄

春日踏青远足，夏日陶醉江湖，秋日登高望远，冬日光浴负暄。冬天晒太阳，也叫晒暖。古人雅致，称之为负日之暄。负暄的妙处在于心，心定神闲，晒暖过冬，美似神仙。

河封严

北方俗谚说，小雪封地，大雪封河。大河小溪都结了冰，人们可以畅快地溜冰、滑冰车、打冰柴。如果再加上一场大雪，棉靴子踩在雪地上咯吱咯吱地响，可以洗裘皮大氅，拣根树枝儿，在雪地上写字、画画儿，可以和孩子一起堆雪人，攒雪团，你追我赶地打雪仗。

◎水仙

檐前日暖，映水花开

冬季是冰雪中的一粒种子静默如谜，
是棉靴子踩在雪地上咯吱咯吱的响声，是满街糖炒栗子和烤地瓜的香。

十二月的第一天，和妈妈一起逛花市，我买了几头水仙，妈妈花了五元钱，买了一棵小小的蟹爪兰。水仙每年都买，一点清水侍在窗前。水仙别名“雅蒜”，在我家常与“俗蒜”摆在一处，雅蒜看花，俗蒜食苗，无事相安。第一次养水仙是某年寒冬腊月，也是跟妈妈一起去花市，踏着吱吱嘎嘎的积雪，深一脚浅一脚。花市里空气湿漉漉的暖，选了又选，最后相中的卖花人是一对老夫妻，热情健谈，于是买下五个水仙鳞茎球。回家找来找去，竟没有合适的家伙什儿来养它们，最小的几个花头只好养在青花笔洗里，两个大花头面对面地坐在广口的菜碟里。注了清水，还压了几块白石头。一盆摆在卧室窗台上，一碟供在书案边，不沾纤尘的凌波仙子就这么委屈地落入尘世凡间。扳着手指头盼着花开，三天钻芽，十天出花箭，不到三十日开了第一朵花，接着一朵伴着一朵。小窗外，雪冷风清，水仙花却碧叶如带，芳花似杯，清丽如一阕隽永宋词。

“相传水仙花是由一对夫妻变化而来的。丈夫名叫金盏，妻子名叫百叶。因此，水仙花的花朵有两种，单瓣的叫金盏，重瓣的叫百叶。”印象里，第一次记住水仙花，是因为读唐敏的《女孩子的花》，那株用来占卜的水仙花读来令人心疼心伤心碎。岁月荏苒时光流逝，记忆里的水仙花也变得幽雅从容、自在清逸起来。记得有一年央视春节晚会，观众席每个桌子上都摆了一盆亭亭玉立的水仙花，看着就觉得世事静美、岁月葱茏。

十二月七日，大雪节气。初雪未足，长天放晴，我便格外喜欢临摹那些关于冬雪的简单诗句。先写“孤舟蓑笠翁，独钓寒江雪”，再写“柴门闻犬吠，风雪夜归人”，接下来定是“晚来天欲雪，能饮一杯无”，最后再来一句：“吹灯窗更明，月照一天雪。”更忆起昔年檐飞数片雪，打窗急，与阶齐，一人踏雪吟歌，两人深雪对坐，烹茶谈心，温酒小酌。一家人相聚，妈妈一定要从缸里捞一棵酸菜，洗净、切丝，码进砂锅，用两小时炖一锅热气腾腾的酸菜粉条排骨汤，再焖一锅刚从乡下带回来现磨的新米饭，把初秋时晒的青萝卜干泡好，切小段，入盐、糖、老抽、葱花、蒜片、白芝麻、干辣椒碎，一两热花生油浇入拌好，加盖摇匀，泡个把小时就可以吃，麻辣咸鲜，既送粥下饭，也是炖菜伴侣。一家人团团而坐，吃得汗流浃背，喝得满面红光，聊得海阔天空，总是冬时难得的心怀舒畅时刻。

冬至将近。出门去，一霎清寒，人们跺着脚、抖抖索索地讲话，呼出白腾腾的呵气，还有冻得通红的鼻头和捧在手心里的烤地瓜。一向喜食咸鲜香浓的东北人，在草木不复抽、百味失苦甜的严寒时节，也格外青睐起甜腻绵软来。这时候的甜，有着男女老少都难以抵抗的惊人魔力。上班路上，归家途中，总会在卖烤地瓜的倒骑驴前停下脚步，一块热乎乎的烤地瓜，吃起来香甜得让你意外。暖暖的甜食提供了足够的热量来抵御寒冷，也让紧张忙碌工作后的心情得以舒缓。

记得上学走读那会儿，春夏秋自个儿骑车，冬天就要坐公交车，十几站的路开个把小时。我几乎每天都在上车前，买一个拳头大小、红皮黄瓤的烤地瓜。不要温在炉桶盖上的，一定要从烤炉里拎出来那个最烫的，过秤付钱，用旧书报糊的纸口袋里一装，一手举着挤上车，然后倚在车厢一角，把滚烫的烤地瓜捧在手心里暖手。隔着妈妈织的毛线手套，那热烈的温度仍烫得我不得不一边呵气，一边左右手轻轻掂量着。现在想起来，烤地瓜算是这世上最天然的暖手宝，而且还是可以充饥的暖手宝呢。

这个冬天，一到周末探望父母，就在街边挑两个稀瓤、热乎的烤地瓜带过去，冬日里不常出门的老人最好这一口啦，没牙都能吃得顺顺溜溜、开开心心。归家来，檐前日暖，阳光静静地走过屋子的每一个角落，朝北的窗玻璃上泛起薄雾，可以写一个人的名字，画一张笑脸，案头的水仙花开出了第一朵花，漫不经心的眼睛看不到，但默然的香气在柔声低吟。

◎烤地瓜

大雪

尝新

地瓜

亦称番薯、甘薯、红薯、山芋，原产南美洲，旋花科一年生或多年生藤本植物。茎蔓生，叶心形至掌状深裂，花红紫色或白色，块根多为纺锤形、椭圆形至球形，皮色淡黄、红、淡红、紫红等，肉色白黄、淡黄、杏黄、橘黄等。地瓜主要以肥硕的块根供食用，嫩茎叶亦可食。深秋挖出的新鲜地瓜，含水量高，储存至仲冬时节，水分渐尽，甜味浓郁，绵实可口。

酥炸地瓜条

材料

黄心地瓜、白心地瓜，油、淀粉、泡打粉适量

做法

①黄心、白心地瓜洗净，去皮，切长条，大小适中；

②淀粉加水和少量泡打粉搅拌均匀，锅入宽油，中火烧热；

③将地瓜条均匀地裹上淀粉，逐条放入；

④炸至地瓜条呈金黄色，表皮微焦即可捞出；

⑤放于漏勺或厨房纸巾上，滤油；

⑥趁热吃，外焦里糯，香暖甜脆。

◎减些油量，分两次至三次炸地瓜条，亦可。

◎分次炸时，必须先将油锅内的残留物用筛网去除。

◎可依个人喜爱，蘸烧烤酱、番茄酱等食用。

东北萝卜干咸菜

材料

东北萝卜干，葱、蒜、白糖、老抽、生抽、盐、香油、黑芝麻、白芝麻、干辣椒碎、玉米油适量

做法

①萝卜干洗净，清水泡半个小时，挤干水分，切段；

②葱斜刀切细段，蒜切薄片，余少量绿葱芽切花；

③小瓷盆中依次码入萝卜条、葱段、蒜片，撒上干辣椒碎、黑白芝麻；

④按2：1的比例倒入老抽和生抽，淋点香油，加一点盐和白糖；

⑤玉米油烧热浇入，趁热搅拌均匀；

⑥盛小碟撒上葱花，现拌现吃，亦可腌半天左右，待更入味再食用。

◎可以密封保存至冰箱冷藏，随吃随取，须三五天内吃完。

冬至

公历 12 月 22 日 ~ 1 月 5 日

阴　南风　微风　气温 −5~3℃　霾∞

冬至，十一月中。

终藏之气至此而极也，

此刻的沈阳，日转舒长，斗柄指北。

雾凇美景，庭院深静。

因薄雾淡烟囿于陋室，

可喧友迎年，煮酒相欢；

也可一人独闲，练字养性，读书修心。

冬至是二十四节气中的第二十二个节气。

小春才过冬又至　说着应是远行人

雾凇郅景

雾凇是雾气和水汽遇冷凝结在枝叶上的冰晶，旧时沈阳人称其为树挂。“雾凇”一词最早出现于晋吕忱所编的《字林》里，其解释为：“寒气结冰如珠见日光乃消，齐鲁谓之雾凇。”冬晓时分，寒江雪柳，琼花玉树，松萝万朵的雾凇郅景是大自然在长冬里送给人们的奇妙礼物。

寒窗生花

“玻璃照灼日光腾，白纸窗虚结绮棱。喜可妆来花样巧，晓寒中结一层冰。”东北隆冬之际，窗牖玻璃多结冰花，幻作雪花纹、蕨叶纹和山水人物等图案，甚是好看。

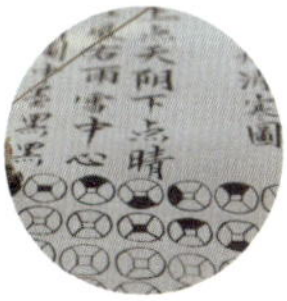

数九消寒

身如草木顺阴阳，云淡天青寒日光。从冬至日开始数九，除了那首脍炙人口的“九九歌”，还可绘制更有意趣的九九消寒图：“下点天阴上点晴，左风右雾雪中心；图中点得墨黑黑，门外已是草茵茵。”更风雅些亦学古人在冬至日画上素梅一枝，为瓣八十有一，日染一瓣，瓣尽而九九出，则春深矣。

消寒圖
試數窗前九九圖
餘寒消盡暖日初

点鬓微霜，岁晏苍茫

难怪古人说冬日可爱，
盼着下雪看树挂绣窗花，盼着温酒煮茶围炉夜话，
说着远行人，回望春秋夏。

冬至换长天，踩着厚雪去河边散步，日光熹微，冽风吹过，雪落白头。林间雪野疏朗，踏的人多，现出一条曲曲弯弯的白色小路。不远密植松杨林，人迹杳杳，深海波涌，寒光粼粼。雪色映衬，有人在卖力地堆雪人，有人咯咯笑着，在雪地里打滚儿，洗着身上穿的貂皮大袍。沿着河岸的木栈道走，轻雾弥漫，空气冰冷。不远处河面上彩旗猎猎，滑冰的人，男女老少，着各色冬装，悠然滑行，兜兜转转，时远时近。

数九第三天，就是平安夜。一早天色阴沉，西北风紧，和爱人出小区西门，运河边上转一圈，冻手冻脚地折了柳条、松枝，采了柏果、忍冬果和辽东水蜡的小果实回来。坐在阳台上，先把所有的自然收集物用湿布小心擦拭晾干。待柳条在室温下变柔软后，将数支柳条修剪至大约相同长度，绾成圆环形，头梢交错，细铅丝困缚固定，用红色宽丝带扎紧，打个蝴蝶结，换红色细丝带缠绕整个圆环装饰。之后依着自己的设计，把初冬时拣来放在茶桌旁的两个小松塔用细铅丝固定在花环中央，暗绿的松枝、柏枝铺陈作底子，霜绿色柏果，大红色金银木果与辽东水蜡的黑紫色小果实点染其间。最后，再"漫不经心"（其实是小心翼翼）地刷上几笔"琼花雪米"（其实是白色丙烯），一个造型简单随意却自然力满满的圣诞花环大功告成！哼着"Jingle bells，jingle bells"喜滋滋地挂在门外，居然跟年初春

节贴在门口大红洒金的春联珠联璧合。

入夜，北风细雪，凛冽的寒风化作一支支画笔，蘸着清新的霜墨，在明净的玻璃窗上，点染出一幅幅图画。迟迟醒来的冬日清晨里，就可以看见美丽的冰窗花，像是给明亮的玻璃罩上一层银白色的窗纱。难怪古人说冬日可爱，盼着下雪看树挂绣窗花，盼着温酒煮茶围炉夜话，说着远行人，回望春秋夏。

会想起早春开在路边的一朵紫花地丁，初夏一只不经意飞过的黄蝶，深秋一首浅吟低唱的老歌，立冬一碗撒了香菜的热汤面。会想起回到故乡的某个欢聚时刻，想起坐在一起吃饭的人，想起那年夏天在葫芦架烧烤聊天喝酒的朋友如今早断了联系，可大家一定都会记得为我们刮葫芦条、贴饼子的小姨，记得她坐在场院里跟瓷胎修坯一样劳作。刮下的葫芦条几米长，晾在洗衣绳上，四下清香。

会想起很久以前的冬天，大人们坐在火炉边喝茶水打麻将唠家常，我们几个小孩穿上棉猴儿裹上围脖，戴上毛线帽、棉手闷子，在场院里疯跑，堆雪人打雪仗逮家雀，玩到脚上的“北京棉”湿透才极不情愿地被叫回屋，脱衣甩帽蹬鞋翻身上炕。炕头上正消着的一盆冻梨，敲碎包围的冰壳，不怕凉的小孩拎着冻梨直接咬着吃，我更喜欢在冻梨上咬上个小口，慢慢地吸吮里边的梨汁，沙软甜凉。

也许，生活的意义就在这人与人、人与物、人与自然之间的相互照亮，也许，只有回忆才可能让我们重又欢聚，让我们留住这一年屈指可数的几天时光。人世的美与伤，都不可逆转，相遇别离尽是天意，且管他点鬓霜微，岁晏苍茫。

冻梨

又叫冻秋梨，一般由白梨、秋白梨、花盖梨、苹果梨冰冻而成。硬邦邦的冻梨需要存放于寒冷的室外，食用时，将冻梨置凉水中浸泡，待化透后捞出可食，是以前东北主要的冬季水果之一。东北地区吃冻梨的传统由来已久，早在1000多年前的北宋，庞元英在《文昌杂录》中即有契丹人关于冻梨解冻的记载。消好的冻梨黑褐色的皮，白白的肉，甜软多汁，冰凉爽口，以前坐在热炕上吃冻梨一凉一热，冷热分明，也是东北人冬天里一种特有的食趣。

黑　枣

学名君迁子，又名软枣、丁香柿、牛奶柿、野柿子。“黑枣”不是枣，其为柿树科落叶乔木植物。树高10米左右，树皮灰黑。叶片椭圆形至长圆形，深绿色，淡红色花，花冠壳形，四瓣，雌雄异株，花期5~6月，果期10~11月。浆果近球形或椭圆形。初时淡黄色，霜打后渐渐变为蓝黑色，覆白霜。《本草纲目》卷三十果部写道：“君迁，其木类柿而叶长，但结实小而长，状如牛奶，干熟则黑紫色，一种小圆如指头大者，名丁香柿，味尤美。”鲜果去涩后可直接食用，但多数用来酿酒、制醋，晒干或穿串，做成冰糖葫芦吃，沙软甜面。

葫芦条

又叫干葫芦条、葫芦片，由嫩匏瓜切片或用特制工具花成条后晒干而成。匏瓜，葫芦科一年生草本植物，即果实大、如梨形的葫芦。茎蔓生，叶心脏形，互生，夏秋傍晚开白花，夏末初秋果实鲜嫩时呈淡青色，覆细绒毛，果肉白色。去皮后清炒、熬汤、包馅皆清嫩鲜口。更多时候东北人喜欢将其切成片儿或刨成长丝状，晒成葫芦干存放至冬季。吃时用水泡发，炖鸡腿、炖河鱼、炖五花肉，软韧干香外亦有鲜葫芦的清味。另外，老熟的匏瓜果实对半剖开后可以做水瓢等容器使用，因此又被称为“瓢葫芦”。

五花肉炖葫芦条

材料

干葫芦条、猪五花肉，油、葱、姜、蒜、盐、白糖、料酒、海鲜酱油、大料、花椒面适量

做法

①干葫芦条清水泡发、洗净，攥干水分，切段，五花肉切细块；

②锅入底油，加白糖小火慢慢炒至融化，入五花肉翻炒上色；

③加花椒面、海鲜酱油继续翻炒上色，撒点葱、姜丝、盐，烹料酒；

④加入葫芦条，转大火翻炒，添适量水，入大料瓣一枚；

⑤烧开后转小火慢炖20分钟，肉熟汤稠后，大火收汁放蒜末，翻炒均匀出锅。

◎不喜蒜末可不放，换葱花、香菜末亦可。

饺　子

“冬至不端饺子碗，冻掉耳朵没人管。”一到冬至，开始数九，天寒地冻的隆冬时节才真正来临，东北人有冬至数九第一天吃饺子的习俗。东北饺子薄皮大馅，面皮韧滑筋道，馅料鲜香浓郁。本地的“老边饺子”“大清花饺子”在全国都很受欢迎。当然，这个节时令，自个儿在家里现吃现包最好。手擀饺子皮，酸菜猪肉、萝卜羊肉，蒸煮随意，油润鲜香。再烫上一壶老酒，那真是“饺子就酒，越喝越有”。

一月

小寒

公历 1 月 6 日 ~ 1 月 19 日

☼ 晴　微风　气温 -16~-5℃

小寒，十二月节。

月初寒尚小，故云："大寒小寒，冻成一团。"

此刻的沈阳，呼啸的西北风吹散雾霾，

在零下二十几度的天气里，即使阳光灿烂，

也一样不停地打着寒战。

最冷的时候迎来了一年最热闹的"腊月"，

腊八节可以吃腊八粥，腌腊八蒜，

一年一度的冬捕活动也拉开了序幕。

小寒是二十四节气中的第二十三个节气。

◎大花圆锥绣球

积雪连长陌　又了一年中

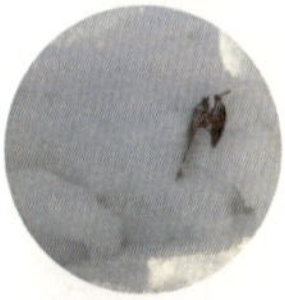

吼地生寒

一年最冷的三九天多在小寒节气，风起如刀，凛冽透骨，檐头冰挂，冷日无光。街角买上一只烤红薯或半斤糖炒栗子，暖胃又暖手。穿着厚厚的冬衣出来见面的生死之交，啥也不用说，聚在一起，必须涮一顿热气腾腾的铜炉火锅。

火锅添暖

围炉聚炊欢呼处，百味消融小釜中。隆冬时节，呼朋引伴，案上置一宽沿铜锅，沃汤其中，炽火于下，盘置鸡鱼羊豚之肉片，各自投涮，随烫随吃，时不时再抿上一口老龙口，准保你吃得身心俱暖，忘了三冬苦寒。

凿冰冬捕

相传东北凿冰冬捕的习俗源于辽代，辽人独有的捺钵文化催生了北方的冬捕习俗。“捺钵”是契丹语的译音，意为辽帝的行营。冬捺钵，是指冬时在冰上搭起帐篷后，凿冰捕鱼。捕得头鱼后，即于大帐置酒设宴，宴请群臣与各国使节。如今，沈阳卧龙湖每年都在一月中旬推出系列主题活动：赏捺钵，看冬捕，品鳊鱼，逛庙会，放风筝，玩冰雪……

◎深冬，紫苏宿留在茎上的钟形花萼

朔风凛凛，酸菜御冬

对东北人来说，没有酸菜的冬天和没有雪的冬天一样是不完整的。
冰天雪地的节令，
没有什么比得上一大锅热腾腾的酸菜汤来得更加暖心了。

期待寒流来袭，雾消霾散，换来个崭新天地。去商场换购物单回来，下了公交车，一个人穿行于清冷的南湖公园。空气纯净，冰风清冽，寒波粼粼，大石头上落了雪，圆溜溜的，像童话里的巨大的蕈伞，又像一只只圆滚滚的小白熊。一片松树林里，早有人扫了树下的雪，撒下金灿灿的小米粒，鸟儿们却偏喜欢啄食黄檗和海棠树上一串串冻成标本的小果子。落了叶子的洋槐看起来像张牙舞爪的树精怪，老榆树繁复的枝丫有巴洛克风格，油松树枝亭亭盖盖覆满一夜北风也吹不散的雪茸。落叶松虽然留不住雪花，但优美的造型总让人忍不住想往上面挂点什么。杉木层叠，让人看不清躲藏在其中合唱的鸟群。最好看的是河边的馒头柳和远远的几棵醒目的白桦树，一小群栖在树梢晒太阳的小麻雀腆着灰白的肚皮，舒服地发出咕嘟的呢喃。眼前和自己一样在酷寒中静默着的这般景致，正如亨利·梭罗所言：“凡是能卓然独立于寒风之中者，一定是天地灵气之所钟，是自然界骨气的表现，有着天神般的勇敢。”

东北人形容天气很冷，会说：真是“嘎嘎冷”的天气呀！为什么说“嘎嘎冷”的天气呢？是因为落了厚厚的雪，踩上去嘎吱嘎吱地响吗？是因为冰封了河面，可以开心地甩开膀子抽“冰尜（嘎）”了吗？是因为树上的鸟雀感知了寒尽阳气升，草木甲待生，高兴地“嘎嘎”叫吗？反正多么冷

的天儿，都不能阻挡系着铃铛、摇着尾巴的小花狗在雪白的小路上散步，也不能阻挡早市归来的老大爷坐在街边公园的长椅上杀两盘棋，更不能阻挡我在“太阳出来也是摆设”（友人语）的正午一个人在公园里漫游闲逛。

香瓜消暑果，酸菜御冬羹。嘎嘎冷的天气里最想吃的菜一定是妈妈在立冬前积的那一小缸酸菜。《吉林通志》上说：“九月……人家糊窗，腌菜，治灶。多蓄白菜，煮以沸水中，置之缸中，以石压之，日久则味酸质脆，爽若哀梨，为御冬之用。”数年之前东北人家，每到入冬前都会把收拾好的大白菜密密实实地一层一层码上一大缸，还要高出缸沿儿一尺多，码成一个白菜“山”，再压上一块大石头。随着时间的推移，白菜变酸、发酵后，这“山”才渐渐沉下去。东北十八怪之一“大缸小缸积酸菜”说的就是这“积菜成山”的盛况。酸菜的吃法多样，平常化开猪油做个酸菜炒粉儿开胃下饭，要吃颇具满族风味的酸菜氽白肉血肠，就特别适合杀年猪时来做，酸菜现切、白肉现片、血肠现灌、大铁锅现炖，一边做一边吃一边聊，乡

邻乡亲们一起狂欢。因为羊肉金贵，想吃酸菜羊肉火锅，多是要到正月初一或初五的晚上一家人围坐，就着炉中的炭火和窗外的爆竹声响，蘸芝麻酱、红腐乳、韭菜花，慢慢涮煮，细细品尝。

酸菜不管怎么吃都离不开切丝儿，要切好这酸菜丝是有诀窍的，掰下来的酸菜帮，刀一横，刀刃从厚帮儿头轻轻一片，用手向后轻轻一拉一揭，就能揭起薄薄透明的一层。边片边揭出三到四层，再一层一层地复原码好，一刀刀切成丝。听老人们说，过去正月里，街上有专门帮人切酸菜丝的大师傅，切得又细又有气势。我爸切酸菜丝时就颇有当年大师傅的风采，常常是用手按着菜帮儿不切，先在菜板上“咣咣咣”地放上三声空刀，找找感觉，再飞快地切起来，眼都不眨一下，一气呵成。酸菜丝儿切得越细，做出来的菜肴口感越好。汤汁入味儿，吃起来酸香开胃，畅快淋漓。

对了，去帮儿剩下的嫩酸菜心，可直接蘸鸡蛋酱吃，又是一乐。

酸　菜

古称菹，东汉许慎《说文解字》解释：“菹菜者，酸菜也。”泛指所有青菜或白菜腌藏而成入馔。酸菜因地域不同，食材、做法及风味各异，“园田菜属秋菘好，满趁西风着几缸”。东北冬季寒长，时蔬紧缺，民间常以上秋的黄芽大白菜腌渍而成的酸菜作为入冬后常吃的菜蔬，一般可以吃到第二年开春。渍酸菜分生渍、熟渍两法，先要挑好白菜，摘去大叶、黄叶，在太阳底下晒几天，去根洗净。生渍就是把白菜直接一棵棵、一层层码在缸里，撒盐之后直接倒入凉白开腌渍。熟渍则把大白菜用热水烫一下，冷水涮凉后再入缸加盐添水，之后都在菜顶压一个大石头，在不冷不热处密封存放。生渍40天、熟渍30天左右即成。发酵入味的酸菜不生不硬，切丝后可炖可炒可涮火锅，可做馅包饺子，酸菜心可以直接蘸酱或凉拌生吃，冰凉脆爽。关于炒法，餐桌上少不了的一道家常菜肴就是吉菜粉。吉菜粉又名酸菜粉、渍菜粉，后因地方读音的问题，逐渐演变为吉菜，也取之为吉利之音。炖法最具东北风格的要数酸菜白肉血肠了。冰天雪地的节令，没有什么比得上一大锅热腾腾的酸菜汤来得更加暖心，而且酸菜不怕剩，且越炖越香。对东北人来说，没有酸菜的冬天和没有雪的冬天一样是不完整的。

吉菜粉

材料

酸菜、猪里脊、土豆粉条，葱、姜、蒜、盐、海米、料酒、生抽、荤油、干辣椒适量

做法

①酸菜洗净、片开切丝，猪里脊切丝，粉条一剪两半，用热水泡发，海米适量清水浸泡；

②葱、姜切末，蒜拍瓣切碎末，干辣椒剪成细圈；

③热锅入荤油化开，加入肉丝、海米、葱姜末、辣椒圈煸炒出香气，烹入料酒、生抽；

④将酸菜丝抖散，入锅，开大火爆炒几下，加盐，淋入泡海米水少许；

⑤放入粉条，转小火煨3~5分钟左右收汁后，放蒜末，翻炒均匀出锅。

◎不喜荤油，可改成豆油或花生油。

◎切丝的猪里脊，撒花椒粉，淀粉腌一下，口感更嫩滑。

◎酸菜选接近菜心部分，可不添水或少添水，风味更佳。

酸菜火锅

天寒地冻的三九天，围坐在炭火铜釜边吃火锅，就是呼朋唤友相聚的最佳理由。窗外银装素裹，雪花如席，桌上水沸火旺，食材琳琅，肉香酒暖。一边漫无边际地聊天，一边笑呵呵地盯着锅子咕嘟咕嘟冒着热气。东北地区涮火锅历史悠久，据考证，辽代壁画中就有契丹人围坐一边喝酒，一边吃涮肉火锅的情景。具有满族传统特色的东北火锅，是将东北酸菜、虾仁（或海米）入锅内加鸡汤小火慢煨数十分钟，再将切成薄片的猪肉或煮八分熟的五花肉片、羊肉片、血肠入火锅内炖煮之后，佐腐乳汤、蒜末、辣椒油、韭菜花酱等蘸食。

腊八节

农历十二月在古时候也称“腊月”，“腊”是我国古代一种岁时祭礼。在周代“腊”与“蜡”各为一祭，“腊”祭祖先，“蜡”祭与农事相关之神。秦汉时期两祭祀合并同日称“腊祭”。至南北朝时，已固定十二月八日为腊日，俗称“腊八”，祭祀的对象，是列祖列宗以及门、户、天窗、灶、行五位家神。祭祀时虔诚奉上各式祭品，答谢祖宗与家神的保佑恩赐，祈求来年风调雨顺，五谷丰登，六畜兴旺，合家康宁。“小孩小孩你别馋，过了腊八就是年。 腊八粥喝几天，哩哩啦啦二十三。”在东北，一到腊月初八，过年的气氛就会一天赛过一天，人们会在腊八这一天喝腊八粥，腌腊八蒜。 在乡下，过了腊八之后，人们开始杀猪宰鸡，烀大肉、灌血肠以备大年期间食用。

腊日凝寒暖尚遥，清祀宿心何所道，
谷粟为粥和豆煮，年丰物饶尽岁朝。

腊八粥

到了每年的腊月，东北进入数九寒天，千里冰封，万里雪飘，而东北民间又有这样的歌谣："腊七腊八，冻掉下巴。"因此，老人家都开玩笑说："快喝上一碗腊八粥黏住嘴，以免冻掉下巴颏。"其实腊八粥和佛教颇有渊源，相传释迦牟尼面壁学习禅定，以麻麦乳糜为食，于腊月初八顿悟成佛。由此，每年的腊八，各大寺院都会舍粥众生。吴自牧《梦粱录》卷六："此月八日，寺院为腊八。大刹等寺俱设七宝五味粥，名曰'腊八粥'。"之后食腊八粥的风俗逐渐在民间流传开来，并成为人们喜闻乐见的冬令美食。腊八粥以八方米食合在一块共煮一锅，是汇聚万物、调和千灵之意。东北人做腊八粥，主料多为白米、大黄米、糯米、红豆、绿豆、花生等，配料更是丰富，红枣、莲子、板栗、桂圆、枸杞、百合、葡萄干、瓜子仁等，看着五谷丰登，吃着甜蜜香暖。

材料

大米、大黄米、小米、红小豆、绿豆、红芸豆、糯米、红枣、花生、莲子、黄冰糖

做法

①糯米、绿豆、红芸豆、红小豆淘洗干净，浸泡3小时以上；
②花生温水泡后去衣，红枣、莲子用清水洗净，用温水浸泡半小时，莲子去芯；
③大米、小米、大黄米淘洗干净，与泡好的糯米、绿豆、红芸豆、红小豆一起入锅添清水，大火烧开；
④放入红枣、花生、莲子后转小火慢熬40分钟左右，其间需不断搅动；
⑤加入黄冰糖搅拌至融化，再小火煮至粥浓稠即可。

◎依个人喜好放入板栗、桂圆、百合、葡萄干等，冰糖、白砂糖亦可。
◎熬粥时水尽量一次性加足，中途不加水。

腊八蒜

泡腊八蒜是北方传统民间节日腊八节食俗，顾名思义，就是在农历腊月初八的这天来泡制蒜。材料非常简单，就是米醋和大蒜瓣儿。蒜最好用紫皮蒜，瓣小瓷实，去皮分瓣装入小坛，浸入米醋后密封，室温保存。至除夕启封，蒜瓣变得湛青翠绿，味道独特。泡过蒜的腊八醋，酸中带辣，还是吃饺子、吃面条和蘸皮冻的最佳佐食。

材料

大蒜、米醋

做法

①大蒜去外皮，分瓣后，洗净双手，把蒜瓣皮剥干净；
②把剥好的蒜瓣放入可以密封的玻璃瓶中；
③添入米醋，完全没入蒜瓣即可；
④盖紧瓶盖后，置冰箱冷藏或屋内阴凉处两到三周即成。

◎剥好的蒜瓣不能水洗。
◎喜欢酸甜口味，放入适量白砂糖亦可。
◎据说用紫皮蒜泡腊八蒜，口感更瓷实爽脆，可以一试。

大寒

公历 1 月 20 日 ~2 月 3 日

☼ 晴　微风　气温 −21~−10℃

大寒，十二月中。

月初寒尚小，故云，月半则大矣。

作为一年中最后一个节气，

至大寒这一天，阳气由下而上，

伏于地表，虽冷到极致，

却于料峭中孕育着来年的一番春意。

人亦如候鸟，寒极知春近。

滑雪泡汤，踏歌共欢，

采买年货，洒扫迎年，兰柏清供，静待春来。

◎圆柏

寒尽天涯岁又新　松柏常青喜迎门

水泽腹坚

寒冷至极，穿城而过的浑河，冰冻数尺，大人小孩尽情在冰面上溜冰刀、滑冰车、打冰尜，亦可站在冰面上以别样的视角去欣赏沈阳的冬日美景。

长寿花开

如逢花开，如瞻岁新。长寿花枝鲜艳夺目，心境随之春意盎然。长寿花又叫圣诞伽蓝菜，叶片翠绿，花朵繁盛。花期1~4月，正逢圣诞、元旦和春节，在家中布置在窗台、书桌、案头，亦可赠送亲朋好友一盆，寓意大吉大利，长命百岁。

除旧迎年

“小寒大寒，杀猪过年。”进入大寒，年味渐浓，人们开始忙着除旧布新，准备年货，写春联、剪窗花，赶集买年画、彩灯、鞭炮，煎炸烹制鸡鸭鱼肉等各种年肴，迎接惠风和畅又一年。

◎银白杨裹上一树琼枝绒羽

芦菔煨汤暖，门前嬉冰寒

关于冬日的回忆总是暖洋洋的带着温度，
灶台上整日烧得咕嘟咕嘟冒泡的炖锅，
冬夜的灯花，入肠的暖酒，都是明美的人间烟火。

风卷雪满，晓雾江寒，不期而至的一场雾凇，浑河两岸一树树琼花绒羽如星光闪烁。日出雪柳下，高高扬起头，映着冰蓝色的天空，望见自悠远的天空而来的是早春无风自落的桃花瓣，是初夏筛过绿树叶的细光圈，是深秋沿着枝干奔跑而来的落叶雨。每一轮四季，都是自己的人生，一定要好好珍惜，好好享受才是。

许多人翘班去逛了大半个上午，大自然神奇地抚慰着人们在城市里奔波了一年的焦虑与不安。每个人见面都带着微笑，人们在开阔的冰河雪岸之间嬉戏。滑冰车的小孩，堆雪人的情侣，河岸边有人汲水浇成冰滑梯，大人小孩都喜欢从上面一次次冲下来，或坐或仰或趴，笑得不能自已。近水坝处一弯寒波，赤身冬泳者三三两两，往来舒卷，或急或缓，更多的是像我一样裹成球的人在岸上端着照相机“咔咔”连拍。徒步横跨过河，沿浑河晚渡拾级而上，去探望父母。妈妈早早用清水炖了九分熟的羊排汤，下几块滋味清甜的萝卜煨上一刻钟，搁点咸盐，撒些胡椒粉，喝得眉目舒展，鼻尖冒汗。

记得小时候，妈妈总是念叨着萝卜是“小人参”。深秋藏在园子里的大萝卜，冬至时掀开苫布，顶着北风烟雪一个一个挖出来。柳条筐装上土，把萝卜埋进去，放进菜窖，贮存到开春也不糠心。就像白天和黑夜，萝卜

和白菜各自撑起了冬日餐桌的半壁江山，经由妈妈的慧心巧手一一变身为记忆中的各种冬令美食。

最惦记的就是炸萝卜丸子，但妈妈嫌费油总不愿意做，在我软磨硬泡和妹妹门门功课一百分的夹击下才肯做上一回。一青一红两个萝卜洗净去皮，用擦板擦成细丝，有时会放半根胡萝卜配色。加盐杀出水后，磕两个鸡蛋进去，混半碗白面粉。撒葱花、姜末、花椒粉搅拌成萝卜丝面糊。铁锅里加油到能让丸子打个滚儿那么高，等油烧热至烤手，妈妈不紧不慢地用筷子撅一团萝卜面糊下油锅。一个、两个、三个……油花翻滚，香气也跟着飘出来。到丸子炸成金黄色浮起来，先拣几个丢进我和妹妹举了半天的小饭碗里，再下笊篱一捞一扣，把红花搪瓷盆添得满满的、高高的。妈妈做的萝卜丸子从来不用勺子挖，所以个个都有点张牙舞爪，看起来霸道壮观，妹妹吃得除了一个劲地说“真香”外就想不起第三个字。我就比她淡定多了，我认真地对还在灶台前忙活的妈妈说：“妈，咱过两天还做。”

相对于炸萝卜丸子，焯萝卜片就简单多了。红萝卜去皮切半月形薄片，放在水里煮透，捞出沥干水分，现炸一小碗干辣椒酱蘸着吃，是省时省力又省油的下饭菜，焯萝卜片的水也不要倒掉，温润清甜得可以当佐餐饮品。前几天读朱伟先生的《微读节气》，其中提到萝卜四季有各自的名字，春叫破地锥，夏叫夏生，秋叫萝匐，冬叫土酥。看来古人也很喜欢萝卜，给它起了那么多名字。萝卜味美，诗人赞它：熟食甘似芋，生吃脆如梨。连好吃的苏东坡都说："芦菔生儿芥有孙，不知何苦食鸡豚。"旧时立春日，民间讲究一大清早要买个萝卜来吃，叫作咬春。清人专有《咬春诗》："暖律潜催腊底春，登筵生菜记芳辰；灵根属土含冰脆，细缕堆盘切玉匀。"想来窖藏了一冬的东北大红萝卜，能留到立春日实属不易，怕是糠心的居多，倒是寒冬里不待见的"心里美"是咬春的主打，甜脆爽口，再配上脆嫩多汁的青、白萝卜，颜色十分讨喜，果真好似一口咬个春意无边。

其实，在我看来，兼具冬趣与春意的食物要数那一串串亮晶晶的冰糖葫芦，远远看去像极绽放在冬日里的火红花朵。以前过了腊八，街头巷尾才会响起小贩的吆喝声："冰糖葫芦，冰糖葫芦，又大又甜的冰糖葫芦。"平时谁家有闲钱买这个，只有到了年关，大人才舍得给孩子们买上一两串分着吃。如今从初冬开始，周末的早市上、假日的公园门口，总有一两个推着自行车卖冰糖葫芦的小贩在那儿候着。来一串雪亮甜脆的冰糖葫芦，跟孩子一起我咬一个，你舔一口，甜滋滋地伴着雪雾霜花，也算是冬日特有的小乐趣。

人生百味杂陈，总有些味道是季节的一道动人风景，是一份小小的温暖，像一句温和的问候，像一串爽朗的笑声，让周遭的每个人都能沉浸在甜蜜之中。

萝　卜

古称“芦菔”、十字花科一年或两年生草本植物，是源于欧、亚温暖海岸野萝卜的后代。叶呈羽状分裂，总状花序，花白色或浅粉紫色。肉质直根呈圆锥、圆球形等。主要以肉质根供食用。其嫩叶、芽亦可食。东北地区称其为“大萝卜”，多指中国北方栽植的秋冬型萝卜，主要有红皮、绿皮、白皮、绿皮红心四个品种。白萝卜甜蜜多汁，适合切成条生吃，“心里美”萝卜色彩明艳，适合炝拌。常言道：冬吃萝卜夏吃姜，不用医生开药方。中医书上说：萝卜消积滞，化痰热，下气，宽中，解毒。倒真适合在寒冷干燥的天气里食用。

炸萝卜丸子

材料

青萝卜、红萝卜、胡萝卜、鸡蛋、面粉，葱、姜、盐、花椒粉、玉米油适量

做法

①青红萝卜、胡萝卜洗净去皮，用擦板擦成细丝，加盐，滗出水；

②加进两个鸡蛋、适量面粉，撒葱花、姜末、花椒粉调制成萝卜丝面糊；

③铁锅加玉米油烧热，用勺子挖适量萝卜丝面糊，制成圆形入锅，炸成金黄色浮起，捞出即可。

黏豆包

又叫黏糕饽饽，满族传统小吃。黏豆包是黄米面发酵后擀扁圆形，包以红小豆或红芸豆馅蒸熟后油煎或蘸糖食用。黄米面是东北特产黍子去皮再磨成的面粉，加点玉米面，煮熟后呈金黄，甜黏可口，有各色杂粮交错的清香味。俗话说：“腊月到，蒸豆包，热气冒，香味飘。”入冬、过年时家家都要蒸上几锅黏豆包，摆在高粱秸编成的盖帘上，放在外面冷冻后用小斧头挨个敲下来，装在户外大缸中贮藏过冬，随吃随取，多得可吃到过年开春。

黏豆包

材料

大黄米面、玉米面、红小豆、苏子叶，白砂糖、酵母适量

做法

①酵母粉温水化开，大黄米面与玉米面按3：1的比例混合均匀；

②倒入酵母水与适量温开水，将面粉用筷子搅拌成小疙瘩状；

③揉成面团后，盖上屉布或保鲜膜，饧2小时左右；

④提前泡好的红小豆加水，煮到豆子开花，加白砂糖搅拌成豆馅；

⑤把饧好的豆团，揪成鸡蛋大小的面剂子，拍成面饼；

⑥豆馅放在面饼中间，四周合起，团好捏合，收口向下包上苏子叶；

⑦蒸锅水烧开后，摆好黏豆包的蒸屉入锅蒸20分钟即可。

◎豆包与豆包之间要留空隙。

◎蒸好的黏豆包，可稍晾一下，再用平铲铲出码盘，防止粘手。

◎没有苏子叶，也可以用白菜叶、玉米衣、梨树叶代替。

◎包好豆馅的剂子，亦可压扁成饼，用平锅油煎，就是另一种东北小吃：黏火勺。

糖葫芦

又叫冰糖葫芦，是北方冬天常见的小吃，分生、熟、带馅三种。做冰糖葫芦多选大小匀溜没虫眼的山楂果或山里红，用小刀在果儿中间一划一转去核后，一颗颗用长竹签穿好，一定要把最大最饱满的串在最上面做头果，一支糖葫芦可以串上6~10个果儿，只双不单。熬糖就是个技术活了，欠火的糖稀粘牙，过火的糖稀发苦。一串串红果葫芦经火候恰到好处的热糖一蘸一滚，才能裹上一层晶莹透亮的脆甜糖皮儿，冷却后往扎好的稻草把子上一层层插整齐，偶尔也会蘸几串黑枣的，几串山药蛋的，几串橘子瓣的配在下面，每一串都顶着一片玻璃脆，吃起来酸甜脆凉。

小 年

小年是中国传统节日，东北地区的小年是指每年的腊月二十三，也叫祭灶节、灶王节。灶王，民间称其为灶王爷，小年夜要在灶王爷画像前供奉灶糖、清水、料豆、秣草，据说后三样是为灶王升天的坐骑备料。祭灶时，把关东糖用火融化，涂在灶王爷嘴上，然后送灶王爷上天（把供奉的灶王画烧掉）言事，至除夕夜再把灶王迎回来，就是请（买）一张新的灶王画供在厨房。画的两侧通常贴一副对联：上天言好事，下界保平安。横批：敬神如在。小年后人们开始忙着扫尘、备年货，准备欢欢喜喜过大年。

瞳瞳初日照楼南，残腊光阴过廿三。
几个儿童知岁早，沿街争卖灶王龛。

灶 糖

又叫关东糖、大块糖、芝麻糖，是古老的传统名点，既是腊月二十三小年的节庆小吃，又是祭灶神的祭祀用品。灶糖是由大麦芽、小米、大黄米等农作物熬制而成的一种麦芽糖，黏性很大，抽为长条的糖棍叫“关东糖”，拉制成扁圆就叫作“糖瓜”，冬天天气严寒，乳黄、坚实的灶糖一般切成三寸长，一寸宽，切面的小蜂窝大小不一，现在亦用粘上黑白芝麻或瓜子仁的新品；灶糖吃起来先是香甜酥脆，之后弹舌粘牙。

春 节

近代我国使用公历以后，将公历的一月一日定为元旦，而每年的农历正月初一为春节。春节是我们最盛大、最隆重的传统节日。春节不仅仅是一天，一般从春节前一天的除夕算起，至正月初七结束。民间更是一过腊月就开始“忙年”，洒水扫尘、置办年货、准备美食，有一首民谣很生动地记述了地道的东北春节习俗：

小孩小孩你别馋，过了腊八就是年。腊八粥喝几天，哩哩啦啦二十三。二十三糖瓜粘，二十四扫房子，二十五做豆腐，二十六煮煮肉，二十七杀年鸡，二十八把面发，二十九把油走，三十晚上玩一宿，大年初一扭一扭。

赶大集　办年货

从鸡鸭鱼肉到茶点糖果，从烟花爆竹到窗花年画，过年之前准备的所有吃穿用度、拜年礼物等皆可称之为年货。前些年习惯了到商城、超市一次性置办年货的人们，这两年开始回归传统，更喜欢去乡下赶大集，然后一家人花时间参与、制作一些节庆饰品和特色美食。

扫房子　置年花

在东北，人们要在春节前进行一次彻底的家庭大扫除，洒扫庭院，擦亮门户，桌案置一缸清水，养几尾金鱼。因“金鱼”与“金玉”相谐，故有招财纳福之意。也会换上新的窗帘、桌布、碗碟等生活物品。于窗前、案头摆上迎新的花卉植物，水仙、金橘、郁金香、长寿花、仙客来……多是蕴含着除旧布新、喜庆迎年，诸事顺利的美好愿景。

写春联　贴福字

春联也叫对联、门对、对子，是由古人为了驱鬼辟邪挂桃符演化而来。过年前，家家户户都要裁纸磨墨写春联，“框对”贴于左右两个门框上。“横披”贴于门楣的横木上。门心贴上“福”字。有时还会将“福”字倒过来贴，表示“福倒（到）了”。贴春联时间是不固定的，一般是在腊月二十九或者三十早上。除此之外，人们还会贴窗花、门神，悬挂葫芦、元宝、鲤鱼、红灯笼、中国结等各种民间手工挂饰，企盼新的一年四方贵人多照应，八方财神迎进门，天增岁月人增寿，春满乾坤福满门。

除夕夜　包饺子

除夕是指农历十二月的最后一天，除夕之日，家庭举宴，长幼咸集，多作吉祥语，名曰“年夜饭”。饭前要放鞭炮，之后全家团坐桌前，菜品丰盛，有荤有素，有鸡有鱼，鱼要有头有尾，且不能吃完，寓意“吉祥如意、年年有余”。除夕之夜点灯熬夜，辞旧岁迎新年，称之为“守岁”。守岁之意是希望父母、家人健康长寿。东北人家喜欢在守岁时一起打牌，一起包饺子、吃饺子，有时会在饺子中包上几个带有糖果或花生仁的。谁吃到了这样的饺子就预示着新的一年里会交好运，有生活甜蜜、事事好运之意。

压岁钱　放焰火

五更欢笑拜新年，倾囊分遍压岁钱。旧年新岁之交，大人小孩一起出门燃放焰火鞭炮，除旧年之劳心奔忙，卜来年之蒸蒸日上。零时一过，晚辈向长辈叩拜，且作“福如东海、寿比南山”等拜年语，长辈给未成年的晚辈压岁钱，并加以谆谆教诲与鼓励。过了除夕，人们开始带上礼物走亲访友，见面都说：过年好。或一家人迎着北风细雪逛庙会，品美食、拉洋片、吹糖人，观看极具东北特色的高跷和秧歌表演。东北人那热情豪爽的性格全都在红红火火的大秧歌中挥洒出来，又热闹又喜庆又驱寒，让人不由自主地也跟着扭一扭、转一转。

干果攒盘

“攒”在《说文解字》中释为“聚也”，攒盘是指将数件盘子相攒组合而成，又称“拼盘”。旧时人家总有几样老食器，攒盘是其中之一，陶瓷或桃木，内外两层的浅腹小盘，向心组合成花瓣或铜钱形状，有着吉祥美满、阖家团聚之意。每到春节，东北人家的茶几上，一定少不了盛满炒货、糖果的干果拼盘，黑白瓜子、五香花生、松子板栗、开口榛子，还有山楂条、江米条、哑巴酥、沙琪玛和水果杂瓣糖，孩子们会将盘中的零食都尝上一口。大人们更愿意信手拈来，佐茶聊天，闲话流年。

皮 冻

又叫猪皮冻，据说是满族人的一大发明。在冬季寒冷时节里，将攒的猪皮去毛后，切成小块加水煎熬成黏稠状，盛入容器里，户外冻上一夜凝固后切成小块食用。如今在东北民间，熬皮冻是大家过年时最喜欢自制的一味美食。猪肉皮经过较长时间的熬制，胶质溶于汤，淋出的清汤低温凝固后莹润如玉，称之为清冻，又叫水晶皮冻。将捞出的熟肉皮切成小丁，加上胡萝卜丁，煮好的黄豆，放入少量清汤中慢火熬煮后再冷冻，称之为混冻。吃皮冻时可切长方块，浇上蒜米酱汁醋，冰凉弹滑，下酒下饭。

皮冻两吃

材料

新鲜猪肉皮、胡萝卜、黄豆、蒜、米醋、生抽、辣椒油适量

做法

①新鲜猪皮去毛，刮除上面的白肉，用水焯10分钟左右，切成细段；

②汤锅中按1：3的比例放入切好的猪皮和纯净水，大火烧开，小火熬制半小时左右；

③起锅后用笊篱捞出肉皮，清汤晾凉入冰箱冷藏一夜后，即成晶莹剔透的水晶皮冻；

④黄豆泡发，加薄盐煮八分熟，胡萝卜切丁，生抽、蒜末、米醋、辣椒油调成酱汁；

⑤至第3步后，锅中加入黄豆粒、胡萝卜丁，点生抽，小火五分钟收汁即可；

⑥起锅晾凉隔夜后，凝固成冻，蘸上调好的酱汁，随吃随切。

◎做好的皮冻，需放入冰箱冷藏，放在温度高的地方可能会融化。

◎熬制皮冻时可放入几片姜去腥气，做好后趁热捞出即可。

冰山来客

材料

冰糖雪梨、黄桃罐头、山楂罐头、银耳、纯奶油雪糕，冰糖适量

做法

①银耳泡发、去根洗净，沥干水分；

②砂锅添纯净水、银耳、冰糖，大火烧开，小火慢煨半小时；

③制好的银耳羹晾凉，入浅碗铺底；

④冰糖雪梨、黄桃罐头、山楂罐头逐层堆叠；

⑤奶油雪糕切骰子块后，散缀其上即成。

◎少量多份，随吃随拌。

◎有时间的话，冰糖雪梨、山楂罐头可自制。

◎加点花生或腰果碎，口感更丰富。

压肘花

东北人家的年夜饭菜谱之中，总少不了猪肘和猪蹄这两样食材。过年吃猪肘有“走红运”的好口彩，而节日餐桌上的猪蹄，吃了可以“挠一挠”，以祝福来年可以抓到更多的财富和幸福。猪蹄的做法多为卤、酱、红烧，而做猪肘的方法则是剔骨后煮好、切块、压实，然后低温冷藏。吃的时候就拿出一块，切片蘸着蒜泥吃。

五彩大拉皮

材料

东北鲜拉皮、木耳、鸡蛋、胡萝卜、水果萝卜、香菜，盐、白糖、芝麻酱、香油、生抽、香醋适量

做法

①拉皮过冷水，切条，胡萝卜、水果萝卜洗净切丝；

②木耳泡发，入开水煮熟，过冰水后切丝；

③鸡蛋摊成蛋皮后，切丝，香菜切段；

④小碗中调入芝麻酱、适量香油、生抽、香醋，少量盐、白糖后，边搅拌边慢慢添入凉开水，至芝麻酱完全化开，制成酱汁；

⑤各菜丝配色摆盘后，将拉皮摆至盘中心；

⑥淋上准备好的酱汁，点缀香菜段即可。

◎芥末、蒜末、辣椒油等可依自己喜好添加。

◎本菜谱中皆以冬令蔬菜为主，将常用的黄瓜换成了水果萝卜，您可依地域或喜好变换食材，豆皮、黄瓜、甘蓝、莴笋，不拘一格。

二月

立春

公历 2 月 4 日 ~ 2 月 18 日

云转晴　东风　1~2 级　气温 −13~−1℃

大寒后十五日，
斗指东北，维为立春，
时春气始至，四时之卒始，故名立春也。
立春节气的沈阳，
离柳条黄翠，山花照林的春日尚远，
然东风渐起，午时耀眼的阳光里，
偶尔从屋檐上坠落的雪水的滴答声，
正慢慢地打破长冬的沉寂。
立春是二十四节气中的第一个节气。

◎杨树花苞

立春春尚远　唯觉树枝繁

东风解冻　东风解冻，冻结于冬，遇春风而解散。故解冻。

兰花报春　墨兰原产中国，作为观赏栽培植物最早可以追溯到唐宋时期。生于幽谷，叶阔而韧，长一二尺，四时常青。茎紫节赤，高四五尺乃开花，花下黄中有紫点。墨兰常在一元复始、万象更新的立春和春节时启花，因此又名报岁兰。

鸭知水暖　早春日暮，站在浑河晚渡口，夕阳的余晖洒满河面，成群的秋沙鸭、赤麻鸭在水面嬉戏；门外的小河塘，三五成群的灰鸭、家鹅于寒水夕照间浮游。

◎墨兰

冬尽启新芳

树梢间微明的天空，淡云如细浪漫卷，
放空蛰伏于整个长冬，带着无比芜杂的心绪，
春随人好，四季平安。

因雾霾频频袭扰，好天气里不去散步就仿佛是做错了什么事似的。小路上的雪化了又冻，踩上去咔嚓咔嚓响。阳光穿过繁密的枯枝，并不明亮，倒是洒在初开的河面上粼粼闪闪，晃得人睁不开眼。东北风自顾自在树木间游荡，高高的树梢被风裹挟着来回摇晃，能看到隐隐的尘烟。天色青浅，云远远飘来，还辨不出样貌，就被风吹得了无影踪。暮冬将尽，御风同游，于一树与一树之间，在稠密或疏离的枝丫之间，于落叶、枯草、残雪之间，漫无目的地寻游。不知会找到什么，也许会有片刻宁静或一点喜悦，也许会放空蛰伏于整个长冬，带着无比芜杂的心绪。也许可以看见更多，一切孤独又寂静，一切又生机勃勃，风声，鸟语，断枝，残叶，落果，连自己的呼吸也清晰可闻。

室外春花无觅，倒是居于书架上的一盆吊兰花开，三三两两，如穿白衫的小女孩，压着跷跷板，荡着小秋千。养在西窗前的一盆墨兰也忽发几枝花箭，亭亭而上，未出几日竟三尺有余，每枝上参差错落，有七八个花蕾，花柄上，一滴蜜露如珠。未已花开，焦茶色花萼有五片，细竹叶形，印着几道分明的紫贝壳样纹路，每一片都如一剪刚刚扬起的小帆恣意地舒展开来，水红色花瓣像小船舱，鼓鼓的、短短的向前下方伸展着。又好像紧了一下鼻子，一个忍俊不禁的笑容马上要绽开似的，在半开半敛中，清

远的香气游弋而来。

儿歌里唱："正月梅花香又香，二月兰花盆里装。三月桃花连十里，四月蔷薇靠短墙。"关外梅花难觅，桃花与蔷薇还候着时令，如今倒有幸坐在客厅里嗅着兰花香，遂向妈妈念叨起儿时外婆用爆米花粘花枝来插瓶迎春的旧事来。妈妈说这有什么难的，我们也来试试。我去楼下寻了两根红瑞木、榆叶梅的枝条回来，妈妈找出秋时在乡下收获的几穗儿红玉米，搓下米粒，放进纸袋封好，入微波炉微波两分钟，噼里啪啦，一袋子爆米花轻逸可爱。一人一根枯枝、一点米糊、一碟爆米花，爆得好看的点在枝丫间，含苞欲放的黏在枝头，左一朵右一朵玩得不亦乐乎。谈笑间，一枝繁花在手中绽放，带着一股甜甜的玉米香，一样花开迎春，朴实天真。

◎爆米花花枝

袖珍玉米 VS 爆米花

袖珍玉米又叫彩色玉米、菩提玉米，比普通玉米小很多，色彩鲜艳。袖珍玉米可鲜食，老熟后，脱粒于炉釜中，爆成米花，也可制作成手把件、挂饰等工艺品用于观赏。

爆米花历史悠久，最早是用糯谷爆花来占卜，宋代诗人范成大在其《石湖集》中写道："炒糯谷以卜，谷名勃娄，北人号糯米花。"清人赵翼所著的《檐曝杂记》有一首《爆孛娄诗》："东入吴门十万家，家家爆谷卜年华。就锅排下黄金粟，转手翻成白玉花。红粉美人占喜事，白头老叟问生涯。晓来妆饰诸儿子，数片梅花插鬓斜。"曾几何时，爆米花是本地过年、打春时的特色小吃，一到腊月或打春，崩爆米花的师傅推着小车到访，烧煤、钩火、支炉子，人们从家里盛上一碗苞米粒或大米，拿几角硬币去大门口排队。小孩们不断地问师傅什么时候会"爆炸"，之后便躲得远远的，捂紧耳朵等待那一声永远猝不及防的巨响。

绿豆芽

选当年或隔年收获的绿豆，以水浸之，即可生芽数寸。茎细脆嫩，色泽青白，芽叶如剪。《本草纲目》"绿豆"条中载："唯此豆芽白美独异，食之清火益神，利泄减脂，饮誉美肴也。"明代高濂的《遵生八笺》说："将绿豆冷水浸两宿，候涨之换去水淘淋两次，予置黄土一方，以水洒湿，覆纸一层，置豆于其，以盆覆之，一日两淋水，伺芽长寸余即可取而食之。"种植绿豆芽很简单，家里随处可见的小物什都能拿来发豆芽：淋水篮、小蒸锅、大茶壶、饮料盒、扎了眼的塑料瓶。一朝一夕，一时一刻，洒水，寻暖，见晤。种子变得柔软，白茎亭亭，胚瓣裂开，心意满满地奉上鲜嫩的新芽。生好的绿豆芽，不仅好看，也好吃，炒、炝、拌皆宜，卷春饼尤佳。

素炒绿豆芽

材料

绿豆芽，油、葱、姜、盐、白糖、米醋、花椒、鸡精适量

做法

①绿豆芽掐根须，沸水焯一下，冷水冲凉沥干；
②热锅放油，入花椒爆香，捞出花椒粒；
③葱姜末炝锅，放绿豆芽翻炒均匀，入白糖、盐；
④急火翻炒，烹少许米醋，加入鸡精调味，出锅装盘。

绿豆芽小盆栽

做法

①浸泡过的绿豆种子，装满茶壶的1／6；

②放在温暖的地方，每天2~3次向茶壶中灌水，再把水从壶嘴倒出；

③四到五天后，就可以收获一把水嫩绿豆芽，掐根去瓣，料理随心，惠得一盘春光；

④如果想制成小盆栽，可将壶盖取下，重复步骤②；

⑤两天左右，青浅如鱼尾的叶芽会长出壶口，春意缭绕。

打　春

常言道：打春别欢喜，还有四十冷天气。立春节气的沈阳，气温还在零下十几度，但打春这一天的春饼是一定要吃的。在沈阳，吃春饼的传统配菜为吉菜粉、炒绿豆芽、炒土豆丝、京酱肉丝，还要配上青葱丝、鸡蛋丝和甜面酱。土豆是秋储藏的黄麻子，绿豆芽是提前几日自家生好的，酸菜选缸底最入味的，一层一层剥去菜帮，只要几颗菜心。去年冬日晾在屋檐下的大葱，随手扽几根，把绿葱芽切细丝，磕几枚红皮鸡蛋，打散摊成薄蛋皮儿切丝。春盘共饤饾，绕坐庆时新。当精心准备的美味一盘盘摆上桌，一家人吃得心满意足，像春天刚睡醒的样子，欣欣然张开了眼，信心爆棚地开始新的一年。

新岁还胜故岁寒，菜分红绿簇春盘。
偷得浮生闲半日，良辰节物且相欢。

东北春饼

材料

白面粉，玉米油适量

做法

①适量面粉加入滚水，用筷子搅拌、烫面；

②稍晾凉，用手揉面，和成光滑面团后，盖上锅盖饧面40分钟；

③饧好的面团搓长条形，用刀切成大小一样的剂子；

④剂子上撒面，全部按扁，擀成厚薄均匀的小饼；

⑤取一张小饼，刷上一层玉米油后，薄薄洒一层面粉，摞上另一小饼；

⑥重复以上步骤，层数自选，三层至四层最佳；

⑦将叠好的小饼，按平压实，擀成比平底锅小一圈的饼皮；

⑧开小火将平底锅烧热，放入饼皮，至饼皮慢慢鼓起，用锅铲翻面；

⑨烙至两面微焦即可出锅。

◎烙好的春饼放入加了热水的蒸屉上保温，吃时会很软。

雨水

公历 2 月 19 日 ~ 3 月 4 日

霾转多云　西南风 1~2 级　气温 −17~−1℃

东风解冻，冰雪皆散，

化而为雨，故名雨水。

此时的沈阳，

树枝上的积雪开始融化，银光闪闪，

落在荒草丛上的雪也化了，

干枯了一冬的植物都变得湿漉漉的，

林间小路上的冰雪一踩上去就开始消融，

露出了藏在雪被下面的琥珀色松塔和皂角荚。

雨水是二十四节气中的第二个节气。

残冰坼玉片　雪雨绿松针

雨雪霏霏

雨水节气的沈阳，雪后雨儿雨后雪。看似冬天还没过去，余寒刺骨。

青梢满林

微雨织雪后，灰色的天空变得明亮、蔚蓝。枯瘦的林梢透出浅浅的青黄，闪现点点生机。

土黑地润

晴暖的日子，土黑地润，水气升腾。空气慢慢变得湿润，树林里草地变得泥泞，草木正期待着一场春雨的润泽。

◎刺柏

元宵节忆灯

用小碟浅碗当作冰模子盛水，
里面放进压干的杨树叶、月季花或小雪花剪纸，
冻好后一提，就拎着自制的小冰灯三三两两地出门玩耍……

正月十五元宵节。清晨飘了一会儿碎雪，旋而放晴。天刚擦黑，家家户户阳台上的大红灯笼就一只只地亮起来，细细观看，有溜溜转的走马灯，有小巧可爱的兔子灯，有雍容典雅的宫灯，有隐隐听到噼啪声的爆竹灯……平时一幢幢看起来呆板无趣的大楼，这会儿变得像童话世界般可爱。没一会儿，橘蓝的天际升起一轮圆月，大得出奇，却像怕被冻坏了似的，蒙了一层厚厚的纱；突然一道金色的光束冲上夜空，瞬间绽放出一片醉人的金色星光，紧接着，此起彼伏的节日焰火将夜空变成了盛春时分的百花园。月亮也仿佛惊醒了似的，浩渺清辉照亮了整个城市。这样的情景下，一家人团坐在一起，一人一个小碗，里面是四五个黑芝麻馅的元宵，雪白剔透，圆滚滚、热腾腾，滋味当然是美得不可言说。

小时候住在东北乡下，大约没处买也买不起那么多好看的花灯，每到正月十五，家家户户自制的冰灯一盏一盏点亮乡村的夜晚。一到正月十四，姥爷把两个铁皮水桶打满井水，姥姥用红纸剪些好看的窗花，喜鹊登梅、年年有鱼，贴在水桶内壁上，一截粗麻绳打个结，放在水中央，再放在院子里冻上一宿，第二天早上桶里的水就冻成结结实实的冰柱。这时把水桶拎到屋里，室温会让冰柱渐渐消融，要时不时转动已经冻在冰柱内的麻绳，当冰柱能随着麻绳在桶里自如转动一圈时，拽出来脱模，马上拎

到院子里去，火红的窗花被镶嵌在晶莹的冰柱里，格外喜气。姥爷用凿子挖出麻绳，在冰柱中央掏个深深的冰座，放进一支或几支红蜡烛，这样冰灯就做好了。一般会摆在老屋门口或放在苞米囤子边的木架子上。夜幕降临，爆竹声声，姥姥燃起冰柱内的蜡烛，蜡光映着红红的窗花，冰火摇曳，如梦如幻；也有人家把金黄的谷穗、稻穗，冻进冰灯里做装饰，满满的都是对丰年秋景的企盼。

自然，小孩子也会跟着大人凑热闹，用小碟、浅碗、小水瓢当作冰模子盛水，里面放进压干的杨树叶、月季花或小雪花剪纸，一根棉线系上一截柳树枝，冻好后一提，就拎着自制的小冰灯三三两两地出门玩耍……

后来，跟父母回城，开始了每年正月十五看花灯的日子。先是去商贾云集的太原街，家家商店都在门前挂上一溜儿花灯，一街花灯连成了一湾灯河，尽是宫灯、西瓜灯、金鱼灯、走马灯等传统的手工灯笼。入夜，观灯的人们顺着街市一路逛下来，一边看灯，一边猜灯下系着的灯谜。一阵儿这边的焰火冲破天幕，一阵儿那边鞭炮齐鸣吓得人们作鸟兽散，片刻又嬉笑着聚在一处。后来是去南湖公园看灯展，那些标着“沈阳某某厂”字样的大型机械彩灯闪着五彩六色的光影放着欢快的音乐，八仙过海、孔雀开屏、鲤鱼跳龙门……常会引得人们一阵阵惊呼喝彩。再后来，大型的冰灯、雪雕多了起来，看灯的人们更是举家出动，一家人停停走走，一边赏灯一边看礼花点亮夜空。彼时的我却只记着手里的糖葫芦很甜，记着满地的瓜子壳、花生皮和满眼黑色、枣红色的北京棉，再不复儿时初见姥姥于沉沉暗夜中亲手点燃剪纸冰灯时，那份铭刻在心底的惊喜了。

雨水

尝新

黑豆苗

选当年或隔年收获的黑色大豆，浸水催芽而生的芽菜。发好的黑豆苗嫩茎青白，叶芽灰绿，洗焯后可凉拌、清炒、点汤、涮烫，柔脆鲜美，齿颊间尽是早春的欣然。

凉拌黑豆苗

材料

黑豆苗、花生米，芝麻油、盐、香醋、鸡精适量

做法

①黑豆苗掐根须，沸水焯一下，冷水冲凉沥干；

②花生米放凉油里小火慢慢炒熟，捞出晾凉；

③所有料汁调入黑豆苗拌匀，撒入炒好的花生米即可。

◎焯黑豆苗时，滴几滴色拉油可使豆苗保持翠绿。

◎花生米最好现吃现拌入。

虫草花

又叫北虫草、蛹虫草，是以小麦、大米、蚕蛹为培养基，人工培育出的一种食用菌。主要生长在我国北方地区，沈阳郊县亦有很多虫草花培育基地。新采的虫草花鲜橙细嫩，具有独特香气，炒食、煮汤均可，汤汁金黄，味道鲜美，是本地颇受欢迎的新食材。

虫草花豆腐汤

材料

鲜虫草花、猪里脊、豆腐、海米，葱、姜、淀粉、料酒、盐、生抽、蚝油、胡椒粉、麻油适量

做法

①猪里脊切成丝，撒淀粉、料酒、盐、生抽、蚝油、胡椒粉腌10分钟；

②虫草花去根、洗净，豆腐切细长小块；

③海米清水泡5分钟捞出，水不要倒掉，放进淀粉拌匀成芡汁；

④锅入冷水烧开，入海米、虫草花、豆腐、姜丝；

⑤大火烧开，小火慢煮15分钟左右；

⑥倒入芡汁，边倒边轻摇锅，让芡汁与汤汁均匀融合；

⑦转大火，倒进肉丝，用筷子搅开肉丝，至其变成白色，关火；

⑧放盐、胡椒粉、生抽适量，撒上葱花、麻油。

元宵节

农历正月十五，元宵节。正月又叫元月，古人称夜晚为“宵”，正月十五又是一年中第一个月圆之夜，所以称之为“元宵节”，又叫“上元节”。元宵节夜，天上明月清辉，地上张灯结彩，龙蟠狮舞，人们观灯、猜灯谜，放烟火，阖家团聚吃元宵，其乐融融。当然在东北，人们更喜见到“正月十五雪打灯”，因其预示着新的一年风调雨顺、五谷丰登。

悬灯结彩供三官，钟鼓楼头起壮观。
绝似东洋开蜃市，云霞出海散春寒。

看花灯

中国历来有节日观灯的习俗，但以正月十五元宵为最盛。花灯起源于汉代，看花灯盛于宋代，街市花灯高悬，纱灯、宫灯、龙灯、走马灯，流光溢彩，美景良辰，游人彩服华妆，笑语声喧，其乐融融。

猜灯谜

猜灯谜，又叫“打灯谜”，是元宵节的一项文娱活动，相传始于南宋。《武林旧事·灯品》记载：元宵佳节，帝城不夜，春宵赏灯之会，百姓杂陈，诗谜书于灯，映于烛，列于通衢，任人猜度，称为“灯谜”。如今每逢元宵节，商场、图书馆、社区，甚至亲朋好友相聚都有大大小小的猜灯谜、赢奖品的活动，抒怀遣兴，节趣盎然。

吃元宵

元宵，又称汤圆，相传起源于春秋末期，唐代称之为面茧，宋代称之为圆子、团子。东北人喜食的元宵多以芝麻、花生、豆沙、枣泥为馅，在江米（糯米）粉中“摇滚”而成，或煮或炸。正月十五吃元宵是取“团团圆圆”之意。

三月

惊蛰

公历 3 月 5 日 ~ 3 月 19 日

☼ 晴　西南风 5~6 级　气温 -9~-1℃

惊蛰，二月节。

万物出乎震，震为雷，故曰惊蛰，

是蛰虫惊而出走矣。

“新春甫惊蛰，草木犹未知。

高人静无事，颇怪春来迟。”

此时的沈阳，一切都在静默中积蓄力量，

冬蛰的安静即将被打破。

惊蛰是二十四节气中的第三个节气。

◎葶苈

鸟声集

古人云：鸟鸣春。隆冬时分不知躲在哪儿的留鸟这时候一下子多了起来，麻雀、山雀、灰喜鹊、太平鸟纷纷聚在榆杨树头、松柳枝间，叫声变得活泼而清亮，满是欢畅的期待。

草芽青

惊蛰时节，下了今年的第一场雨，细如花丝，静静下了半日。看似不动声色的鹿色草场，蹲下来仔细瞧瞧，就会发现枯草根下钻出来了尖尖的小嫩芽。

焚香驱虫

春雷未启，室内小虫蚁却渐渐苏醒，焚艾香、月见草香，炉烟袅袅，异芳自度。

◎小根蒜

一箸入口，佳味小鲜

总是食物最先拉开季节的帷幕，
一时一鲜一味尽是平常人家过日子的小甜头小念想，
生活不算圆满，却也有俯首即是的快乐。

惊蛰。向阳坡暖，悄悄跃出葶苈的小绿叶。阳光悦目，河边有人在破冰游泳。楼檐吧嗒吧嗒滴水，有时会跟着冲下一大块碎冰，要时时提醒自己和家人不要在向阳的楼根儿前逗留。不出几日就是农历二月初二，外出归来特意去那记买了一斤猪头肉，切片，烫酒小酌，讨个吉利。

很久以前过二月二，姥爷会早早在院子里用砖头砌个土灶，大铁锅里添上井水，收拾好的猪头放进去，添柴烧开。姥姥守在灶边，用勺子撇去浮沫，加进去葱、姜、蒜，扔点花椒、大料，再放些醋、白酒、酱油，撒上白糖，盖上木头锅盖。大火烧开，退柴转小火慢炖，就这样炖上三四个小时，炖到院子里肉香四溢。姥姥把软烂到离骨的猪头肉用筷子叉上案板，去骨切厚片倒进个红花搪瓷盆里，撒点现拍的大蒜末，浇上酱油、香油、干辣椒油一拌，炕桌上一撂。原汁原味的烀猪头，瘦肉鲜香，肥肉酥烂，一家人你一筷头我一口，就着村子里酒厂自酿的高粱烧吃得心满意足、长吁短叹。

后来跟爸妈回城，再尝不到这样现做现吃，香气腾腾的烀猪头肉了，当然也不用等到二月二才能吃到，熟食店里一年四季都有卤猪头肉卖。黄油纸包着的半斤猪头肉捧在手里沉甸甸的，滑软油润，喷着诱人的香，总是忍不住偷偷撕一块塞到嘴里，走一路吃一路。如今孩子跟我小时候一样，不喜欢安静地坐在桌子前，而是撕一大块卤肉，倚在窗台前，一边大快朵颐一边看新买的绘本。

去年冬藏的老蒜，掰开蒜皮时，绿芽尖已探出头来，土豆和胡萝卜放在屋子的任何地方都无法阻止它们发芽。早市里多了很多新鲜货，毛蚶、花螺、黄蚬子、嘎吧虾，早春的小海鲜个个肉质肥嫩，水煮、爆炒、包小馄饨都特别鲜美。新开江的草根、河鲫、三道鳞，随手拎一条回去，农家酱炸锅，煎至两面焦黄，微火慢炖个把小时，浓郁鲜香的汤汁里下点豆腐、宽粉，配一碗刚出锅的白米饭，真是好吃。还有从南方运来的春笋、豌豆苗、香椿芽，价格贵得惊人，却带来迢迢千里的明媚春光，看着就让人心情雀跃。

总是食物最先拉开季节的帷幕，一时一鲜一味的小甜头小念想，让亲朋佳友如同早春的鸟群欢聚一处，生活不算圆满，却也有俯首即是的快乐。

©小太平鸟

开江鱼

“开江鱼、下蛋鸡”是东北地区人尽皆知的开春鲜味。每年开春，江河冰面解冻，鱼陟负冰而出，整个冬天的休眠，令鱼质清洁紧密，滋味鲜美。一年之中，只有3月中至4月初二十几天的时间，才可吃到鲜美的开江鱼，以草鱼、白鲢、鲤鱼、黑鱼、青鲫、胖头鱼居多。再迟些，春气入水，鱼儿开始化育，吸收物华之时亦不复那种清鲜滋味。

黄蚬子

学名青柳蛤，浅黄色斧形的贝壳，暗黄色的水波纹，多分布于黄海东部浅海，以辽宁丹东东港盛产的黄蚬子最为有名，早春、晚秋是其最佳赏味季。吃黄蚬子，清蒸、水煮，辣炒、凉拌、烧烤皆可，充裕饱满的蚬肉，鲜灵肥美的汤汁，是最受欢迎的应季海味。

辣炒黄蚬子

材料

黄蚬子，油、葱、姜、蒜、盐、白糖、料酒、干辣椒、蒜蓉辣酱适量

做法

①黄蚬子洗净，入清水，加少量食盐，促其吐沙，中途换几次水；

②炒锅入油烧热，放适量葱段、姜丝、蒜片、干辣椒段炒香；

③放入黄蚬子，大火翻炒，烹料酒，加蒜蓉辣酱，快速翻炒均匀；

④加清水至将没过黄蚬子即可，盖上锅盖焖煮，至蚬壳完全打开；

⑤ 撒少许白糖、盐调味，大火收汤后，起锅装盘。

二月二龙抬头

古时，二月二是供奉龙神，求得新一年风调雨顺、五谷丰登的日子。供奉祭神总要用猪牛羊三牲，后来简化为三牲之头，猪头即其中之一。供奉完毕，猪头自然要吃掉，一辈传一辈，延续至今。查《辞海》发现，“龙抬头”其实是指：二十八星宿中的东方青龙抬头，二十八星宿七星为一组。青龙、朱雀、白虎、玄武，东南西北各据一方，分别代表春夏秋冬四季。龙抬头是指青龙七星开始出现在东方，万物开始苏醒。有时一年中的第三个节气“惊蛰”与二月二是同一天，正是潜龙从沉睡中抬头惊起，众物同应，引发春之生机勃勃的时候。“二月二，剃龙头，一年都有精神头。”大多数沈阳人会在这一天去理发店理发，尤其要给家里的小孩理发，据说这样新的一年会福星高照、红运当头。过了二月二，吃了猪头肉，理了新发型，从春节、元宵节延续而来的这个大年才算真真正正地过完了。

二月二日新雨晴，草芽菜甲一时生。
轻衫细马春年少，十字津头一字行。

猪头肉

在东北，受满族人“在天为龙，在地为猪”的影响，故有“二月二，抬龙头，吃猪头”之说。以前过二月二，都是自家买半个猪头，烧、净、煮、酱、焖，忙活个大半天。早在北魏时的《齐民要术》上就介绍过其食用方法：“取生猪头，去其骨。煮一沸，刀细切，水中治之。以清酒、盐、肉蒸，皆味调和。熟以干姜、椒著上食之。”宋代《仇池笔记》中记录的一则故事里，还有人为一盘蒸猪头题诗一首：“嘴长毛短浅含膘，久向山中食药苗。蒸时已将蕉叶裹，熟时兼用杏浆浇。红鲜雅称金盘汀，熟软真堪玉箸挑。”

春分

公历 3 月 20 日～4 月 3 日

☼ 晴　西北风 3~4 级　气温 −13~−2℃

春分，二月中。分者，半也。
俗话说“春分秋分，昼夜平分”，
在沈阳，春分这一日白天和夜晚的时间却不相等，
而是白昼比黑夜长三十八分钟，
春季平分就更谈不上了。
此时的沈阳，放眼望去，
日见明媚的春光正在慢慢地充满每一个角落，
空气开始变得暖洋洋的，
树木、草场都正在悄悄地苏醒，
春天的脚步刚刚走近，屏息可闻。
春分是二十四节气中的第四个节气。

一信暖风花万蕾　晓寒喜雨草色青

大风起

沈阳春季的大风模式开启，西南风起，声势浩荡，以驱逐最后的寒气，冬春由此分界。

花蕾现

草色遥看，细雨如雾，淡粉烟黄参差。桃蕾如珠，柳眼如眉，连翘那青白枝条上缀着鹅黄色纺锤形花蕾。

蝶始见

葶苈打着米粒大小的黄色花苞，附地菜生出一簇簇小叶芽，更多对小芽叶从干裂土缝间钻出来，轻笑着互相寒暄，泛青的草窠间，看见今年第一只豹纹蛱蝶。

◎ 大风吹鼓了杨树枝头的银色芽苞

出门又见春，谁惊岁去频

随着年龄的增长与时间的流逝，
我们又开始回望自己的家乡、风物、人情，
想好好地，认真地去了解那个让我们最初与世界建立亲密联系的地方，
好像由是使生命才变得真实可亲，有了让人踏实的重量。

过了三月中的生日，就眼巴巴地盼着花开。先是草地上不起眼的葶苈和紫花地丁，不在一处，却也隔得不远，各自小小的一株，孤单单地开着米粒大小的花，淡黄与深紫，有时伴着早春的细雪，有时伴着漫天尘沙和呼呼的西南风。大风吹鼓了杨树枝上的银色花苞，老榆树的红褐色花蕊已经挤上枝丫。大风飞扬，寂静的马场上，两三匹良驹“嘚嘚”地踱步，低低地喷着响鼻儿。走在银中杨林间，可听到一场太平鸟们的初春音乐会。南向的阳台上，疏离了一冬的盆栽花卉仿佛一夜之间苏醒，明静的春光里，不动声色的凤尾竹抽出了新枝叶，垂盆草长出了一层小小的鲜绿嫩芽，人也会愿意待在阳光里，天竺葵、长寿花、彩叶吊兰，一盆一盆剪除枯萎的叶子和凋谢多时的花朵。小豆、大豆、麦粒、蒜瓣，可以留到春天的粮食加点水，候其慢慢发芽，是冬去春来时最应景的鲜蔬。

这样的时刻会让人觉得，生活也是有季节的。什么时候桃花开了，杏子落了一地；什么时候蜻蜓立在荷尖，红莲蓬结了籽；什么时候燕子飞走了，新米上市；什么时候下了第一场雪，烤红薯香气四溢。作为已经开启人生下半场的人，我开始越来越关注一些具体实在的事情，上班、会友、逛街、晨练、散步、买菜、做饭、陪父母聊天，给久未联系的朋友打个电话；偶尔一次远游，更多的时候是家门口的旅行，高楼间的一小片云天，

不经意映入公交车窗的一枝正在绽放的桃花，人行道的砖缝里钻出的一株青草结了淡青的穗芒，水果摊上瓜果更迭，菜篮子里一把带着水气的香芹。渐渐你会发现，一花一草是人生，一餐一饭也是人生，一春一秋都是你的人生，一旦生活的四季开始有滋有味地呈现，日子也变得越来越让人心满意足。

“掩关寒过尽，开定草生新。自有林中趣，谁惊岁去频。”走出去吧，在冰雪消融之后，在树叶发芽之前。草木、花朵、昆虫、燕雀，循着季节的韵脚，欣欣然相随而出，野菜尝新，花朝将至，当土地、植物、天空的细微的变化你都能注意到时，那真是令人惬意的时刻，你可以张开双臂，自然而然地拥抱整个春天。

◎诸葛菜

蒜苗

是大蒜幼苗发育到一定时期的黄绿色芽苗，其柔嫩的蒜叶和叶鞘可供食用。每年二三月，东北人家中囤了一冬的大蒜，开始钻出淡黄的芽尖儿，把它们去皮分瓣，水生或土培，一个星期左右即可收获一把清嫩的蒜苗，洗净、切段，与鸡蛋、豆腐或者卤肉、小海鲜同炒，好看又好吃。

大豆芽

又叫黄豆芽。选当年收获的颗粒饱满、色泽光亮的大豆，用水浸泡一夜，湿布覆裹于温暖处，每天换水淋之，三五日即可生粗芽，芽瓣肥圆淡黄。与绿豆芽、黑豆芽不同的是，黄豆芽更适合热食，炒、烧、炖、煮汤，油润鲜香，佐酒、下饭极佳。

红焖豆芽海带

材料

黄豆芽、海带、五花肉，葱、姜、蒜、油、盐、料酒、大料、面酱、生抽、花椒粉适量

做法

①黄豆芽洗净，沥干水分。鲜海带泡水1小时，洗净，切菱形块；

②五花肉切厚片，葱、姜切丝，蒜切末；

③炒锅烧热倒宽油，入五花肉片煸香，滴点料酒，加花椒粉、生抽、面酱，入葱花、蒜末，炒出香味，翻炒均匀；

④放入海带片翻炒一下，添适量水，加一枚大料，盖好锅盖，大火烧开；

⑤开盖转小火煮10分钟左右，放入黄豆芽；

⑥大火烧开，转中火翻炒收汁至浓稠；

⑦撒上葱花或香菜末，出锅装盘。

◎吃的时候加点山西陈醋、辣椒粉，风味更佳。

代后记

梦花书笔又一年

大寒辞旧岁，人寿贺年丰。去花市买了切花。两束郁金香，是嫣红和玫粉。一束香槟色玫瑰、一束金丝桃果。郁金香送给爸妈，玫瑰插在水晶花瓶，摆在客厅的茶几上。金丝桃的小红果实和修长枝叶几经修剪，依着花器做小小的插花，花器是爱人从房间各处搜罗而来，细长的汽水瓶子里插几枝放在餐桌上，灰绿色陶瓶斜入一枝摆在孩子房间的窗户前，最后落下的小花枝找一碧色玻璃樽插得高高低低放在床边桌子上。之后开始洒扫迎年，裁纸、研墨、写春联，每年写春联都是一家三口齐上阵。今年书的是：和顺门第天降百福，阖家团圆日纳千祥。横批：四季平安。去年的是：虎跃龙腾青山玉宇，莺歌燕舞旭日彤云。孩子写的横批：吉星高照。前年的有点儿记不起来了，孩子得意扬扬地回应："我记得！ 爸爸写的'朱门北启新春色'，妈妈写的'紫气东来大吉祥'，我写的'惠风和畅'。"

这时候，爸妈家里客厅的茶几绝对是一景儿。妈妈在铜钱形白瓷干果盒里摆满各种炒货，榛子、松子、核桃、花生、黑白瓜子还有开心果。若干黑漆红里的木碗一字排开，放上红枣、腰果、杏仁、雪饼、什锦糖果……还有一打纸杯一壶热茶和两大桶饮料，一桶橙汁、一桶雪碧，最后总少不了爸爸现炸的两盘虾片和翻花。听说一个人过往经历的记忆全都埋藏在脑海深处，需要特定的时刻或物品才能将之提取出来。虾片和翻花于我即是这样的存在，一瞄见它们，那些儿时过年的场景、情绪、对谈，那些越来越模糊的脸庞，慢慢淡忘的味道，重又变得清晰、立体，化为影像历历如新。

小时候在乡下过年，尤其到了年根儿和正月，人们好像一天到晚都在围着灶台转来转去，将这一年贮藏的最好吃的东西都拿出来，做成各种美食把桌子挤得满满当当。男人们忙着杀猪宰鸡、凿冰捕鱼，女人们忙着洒水扫尘、和面剁馅包饺子、团黏豆包、切酸菜氽白肉血肠，做小鸡炖蘑菇、五花肉烧干豆角，烀肉煎鱼熬皮冻。小姨小舅们从集上买来烟酒糖茶、瓜子、炉果、江米条、五香花生米还有水果软糖。除夕那天，姥姥在炸完土豆盒、野鸡脖和萝卜丸子之后，一定要炸点虾片和翻花。年前姥爷就买好一盒大连虾片，包装盒上那两只红红的大虾很是诱人。看着姥姥撕开塑料袋，把透明的圆虾片一个个丢进沸腾的油锅，变戏法一样片刻就膨胀成好大的一朵一朵“白云”飘浮起来，马上用筷子夹出。一会儿就炸好一大盘，吃起来咔嚓响，又香又脆。炸翻花是一种东北特色面果，有的地方叫套环，好像只有在过年的时候才做。舀两大瓢面粉，加两个鸡蛋，撒点白砂糖，添温水和面后把面团擀成片。先用刀把面片切成长条，长条切成一个个菱形片。在菱形片中间横着切一刀，将上头一角从切口处穿过去一翻一拉就得。姥姥每次都是边翻边扔进油锅里炸，炸好的翻花像有了生命似的动起来，变成一只只金褐色的小鹤。新出锅的翻花吃起来油润绵软，放凉后变得酥脆，有甜甜的麦香。

炸好的虾片不宜久放，一天吃完，现吃现炸。翻花却可以炸上一大盆，和土豆盒、野鸡脖、萝卜丸子一起放在一深腰柳条篮子里，吊在下屋的房梁上，随吃随取。正月里人们疯起来没时没晌。男人们打麻将打个通宵，女人们围坐在炉火前一边嗑着瓜子一边聊到月落西天。孩子们成群结队提着灯笼夜游串门放鞭炮，要不就挤在一处听村里的老人讲神怪鬼故事。那柳条篮子里面的吃食，就是大伙儿的夜宵，打尖儿的美味。虾片、翻花孩子们爱吃，“野鸡脖”是人见人爱，一摆上桌，就有四面八方的手伸过来，你一块我一块抢个精光。

所谓“野鸡脖”可不是野鸡的脖子。瘦猪肉剁碎，加葱、姜末及盐、酱油、花椒面调味成馅。大白菜叶用热水烫下做皮儿，有时也会摊几张鸡蛋皮。在菜板上摊开晾凉的白菜叶、鸡蛋皮，顺边码好馅一卷，裹稀面下热油炸，炸成焦黄色出锅码盘。想吃的时候就一根根切成适口的小段，可下酒，可充丸子做好喝的萝卜丝汤，当然还是随手拎起一根当零食吃更过瘾。现在许多人家过年已经不再做这些费时费力，又不健康的油炸食品了。当然还有人家年年都做，好像过年不做不吃这三样，这年就少了点什么。我们家以前是姥姥做，后来是妈妈做，今年除夕是我自己站在热油锅前学着做，妈妈在旁指挥，爸爸和爱人围观，孩子搓着手等吃。手忙脚乱烟熏火燎，四处飘散的不仅有诱人的香气，还有浓浓年味和一家老小的欢声笑语。

过了除夕的正月初一是新历一年、四季、十二个月起始的一天，早上人们都要在门口阶前放一挂鞭炮，启一年好运相伴，噼啪作响的鞭炮声后，碎红满地，灿若云锦。正月初三，北风烟雪飞舞，一家人去逛皇寺庙会。踱进山门，寺内人流扰攘，于寒风凛凛细雪沉沉之中，都幻化成远远近近飘来的梵音。是不是善信或上师的弟子并不重要，男女老少都一路跟着转法轮，烧高香，供酥油灯，系启运条，排着长队去敲二十元一次的吉祥钟。又转到大殿内伫立一会儿，静听着藏红法袍的僧人念诵经咒仪轨，加持法力，诸事顺遂。再回首，殿外红幡猎猎，白雪纷纷。“何为信仰？我们以同样的速度走在同样的归途，却时常在路上争吵不休，我们能相聚，却不能久留，何不互相理解和爱护，一颗慈爱和宽广的心，才是我们不变的信仰。”转出山门，右转是人头攒动的美食一条街和非遗民艺展览，糖画、草编、吹糖人、葫芦工艺、手工绳艺，停停走走，倒也好看。再买一只凤尾竹编的小燕鱼，一顶美猴王束发冠，顶戴花翎气派得很，晚上打开内嵌的开关，还有小彩灯一闪一闪，黄绿红蓝。

正月初五，去辽博参观《瑞雪映丹青——中国古代冬景绘画特展》。特展分作雪景山水、岁寒三友、枯木寒禽、岁朝清供四部分。江天暮雪，万物孤寂的漫长冬季在古代画家笔下是山石雪覆，烟岚淡雾中踏雪寻梅、寒窗夜读；是傲霜挺立的岁寒三友，是寒鸦枯木，双鹊栖枝；是献庆新年的年画和门神。隔着一纸薄薄的画卷，竟可体会数百年前长长冬日里意蕴深长的美。展厅门口的空间展示装置造型设计轻巧雅致，以明末清初佚名的绢本立轴《雪山行旅图》为蓝本，溪流潺缓，小桥覆雪，一人着红衣斗帽，骑驴而行，僮仆随后，引游人或驻足拍照，或如我一般脑补着与画中人一起踏雪深山去，几度寻暗香，了了恓惶与虚妄，一如年少模样。

何其芳在《画梦录》里写道："我家乡有一种叫作梦花的植物：花作雏菊状，黄色无香，传说除夕放在枕边，能使人记起一年所做的梦。"这花真好，可沈阳这会儿直逼零下二十九度的气温，怕是找不到这种花了。只愿每年零点一刻绚丽的火花，会帮我们把团聚的这一刻定格吧。大街小巷都是烤地瓜、糖炒栗子的香气，大宅门小窗口都有一两盏红彤彤的圆灯笼。房门外贴着手写的春联、福字，屋门口摞着一箱箱可乐、雪碧、露露和六个核桃，电视成天开着，一遍遍地播着春晚。满屋的灯都点亮，暖气烧得格外足，热得只穿单衣裳的孩子们背着拜年的吉利话，要去领红包。妈妈的压肘花、婆婆的锅包肉，探亲访友聚在一处，你一言，我一语，共忆这一年中挥之不去的喜乐悲欢，最后少不了东南西北四人围坐打打牌！也许关于人间，关于家园，关于幸福，具体而踏实的追求和想象，就是这样热烈、温暖、庸常吧！